ここは異世界コンビニ　デモン・イレブン

お客様、回復魔法をかけながらの立ち読みはご遠慮下さい！

大楽絢太

口絵・本文イラスト　今野隼史

目次

CONTENTS

ここは異世界コンビニ　デモン・イレブン

お客様、回復魔法をかけながらの立ち読みはご遠慮下さい！

開店《プロローグ》

朝七時五五分。
普通《ふつう》の一五歳なら、この時間、何をしているだろう。
朝ごはんを食べている。
朝練をやっている。
家を既《すで》に出て学校に向かっている。
すべてを忘れまだ眠《ねむ》りの中にいる……ヤツも、中には、いるかもしれない。
けど……オレの場合、その、どれでもない。
オレの場合。
その時間には既に、戦いが始まっているのだ。
「あと五分か……」
オレは、店の奥に掛《か》けられた丸時計を見ながら、ゴクリと唾《つば》を飲み込む。
「できるだけ集中力高めとかないと。最悪、死ぬかもしれないしなぁ……」

オレは、腰《こし》をぐるぐるひねり、入念に準備体操を始めるが……

「お、おい」

その時だ。

オレに声をかける人物が一人。

オレの隣《となり》。

逆立てた黒髪《くろかみ》に、クールな目元の男が、オレににじり寄り、聞いた。

「本気で行くのか⁉」

顔面蒼白《そうはく》でいってくる、店長代理――真壁《まかべ》ケイタ。

「行きます。オレ――もう、覚悟《かくご》決めました」

「勝手に決めんじゃねーよそんな大事なモンを⁉」

「じゃ、店長代理、やめときますか？」

オレは店長代理に聞く。すると、

「やめとく？　……最年長の俺が、んなことできるわけねぇだろ⁉　ったく……まじめんどくせぇ店入っちまったぜ」

店長代理は何かを諦《あきら》めるように嘆息《たんそく》まじりにいった。

「じゃ、決まりですね」

ホッと息をつく、オレ。

「チクショー……でも、こんな狂《くる》ったバイトいるんだったら、この仕事受けんのやめときゃよかったぜ」

やけくそのようにいう店長代理。

「今さらいっても始まりませんよ……行きますよ！」

カチリ。

ちょうどその時、店内の時計の針が午前八時ちょうどに、動いた。

するとその瞬間《しゅんかん》。

それに呼応するように、入り口前に、奴らの影《かげ》が殺到《さっとう》し――

けたたましい足音と共に、決戦の火蓋《ひぶた》が切っておとされた！

「くっ……!?」

その直後。

思わず、動揺《どうよう》の声を漏《も》らす、オレ達。

無理もない。

オレ達の目の前には。

ついさっき決めたオレ達の覚悟を、一笑《いっしょう》に付すような光景が広がっていたからだ。

「コ、コイツら――速いっ」

驚愕《きょうがく》の声で、店長代理。

そう、店長代理のいう通りだ。

オレ達の目の前には、目で追うのがやっと、驚《おどろ》くべき身のこなしで店内を駆《か》けていく集団の姿があった。

しかも。

「しかも……何か闘《たたか》ってやがる！」

舌打ち混じりに、店長代理。

確かにその通りだ。

オレ達の目の前では、

ギャカカカカキィ！

金属と金属が鋭《するど》く交差し、また、銃弾《じゅうだん》や魔術《まじゅつ》が飛び交《か》う、絶望的な光景が広がっていた。

「この豚野郎《ぶたやろう》！　何魔族が普通にコンビニにおにぎり買いに来てるんだよ⁉　コンビニはわれら人族《ひと》が編み出した人族の施設《しせつ》だぞ！」

「ハッ、笑わせるな人族の青二才が！　このコンビニを編み出したのは確かにわれら魔族ではない。

しかしお前らのような愚《おろ》か者でもない！

チキュウジン……それも、ニホンジンという、崇高《すうこう》で誇《ほこ》り高い最高の民達《たみ》だ！　見よこの〝ブリトー〟の完成されたフォルムを！　スライムを狩《か》るしかない貴様らにこのような高度な芸術品が想像できるとでもいうのか！」

朝っぱらから鉄剣《てっけん》で斬《き》りあっているのは、鎧《よろい》を着こんだ二足歩行の猪《いのしし》と、片目を眼帯で覆《おお》った剣士。

さらに、

「おい、そこの薄汚《うすぎたな》い商人野郎《やろう》！　いますぐその季節の三〇品目野菜の入ったサラダから手をどけな！　さもないと俺の爆炎《ばくえん》魔法が火を噴《ふ》くぜ！」

「ほっほ。これはこれは躾《しつけ》のなってないお猿《さる》さんですね。どうやらお仕置きが必要なようだ。ただし……私が勝ったら、今あなたが持ってるこだわり卵のふわふわオムライス――確かに譲《ゆず》っていただきますよ⁉」

ドォンッ！

中空で、爆炎魔法と、銃弾を激突《げきとつ》させ爆発させているのは、魔道士と、商人とおぼしきターバン男。

さらには、

「ピギャァァ⁉」

「αγδδΨ！　ΨΠΔλζξ……！」

もはや何をいってるのかすら分からない、凶暴《きょうぼう》そうな牙《きば》を持つスライムと、耳のピンと尖《とが》った美人エルフも、二〇円引きのシールを貼《は》った五個入り餃子《ぎょうざ》セットを争い、激闘《げきとう》を繰《く》り広げている。

「予想以上に酷《ひど》い状況《じょうきょう》だな……！　祖国を思い出す」

「オレ達の祖国、日本の西東京ですけどね……！」

いいつつ、オレ達はダッシュする。

ダッシュする理由は一つ――。

このままじゃ、あと数秒もしないうちに、弁当コーナーがカラになるからだ。

オレ達の視線の先、そこには、ものすごい速度、ものすごい数で押し寄せてくる異世界人達によって、定点カメラの早送り映像のような速さで棚《たな》からなくなっていく弁当、おにぎり、つけめん、サンドイッチの姿があった。

オレ達が補充《ほじゅう》しないと、このままじゃ、お客さんが買う食品がなくなってしまう！

「行きましょう店長代理……コンビニ店員としての職務、全《まっと》うするんです！」

「いうまでもねぇ！」

というわけで、

「「おおぉぉぉぉ!!」」

オレ達は前傾姿勢《ぜんけい》になりながら、商品棚《だな》のほうへ突《つ》っ込《こ》んだ。

目的地までにある障害は全部で三つ！

まず、

「ハッハー！　貴様と本気でやりあうのは一〇年ぶりだな、四天王第一補佐《ほさ》・〝双剣《そうけん》のオルフェウス〟！」

「フン、〝十勇者〟の一人か……面白《おもしろ》い。一〇年前は後《おく》れをとったが。この四種のチーズのカルボナーラだけは命にかえても守り抜《ぬ》くぞ！」

相当の実力者、おそらく両者とも山一つくらいなら軽く吹《ふ》き飛ばせる伝説級の存在っぽい、熊《くま》のようにワイルドな風貌《ふうぼう》のオッサンと、ゴツイ鎧を着た、二足歩行の精悍《せいかん》な顔つきの獅子頭《ししあたま》の将軍が争っている地点。

次に、

「わかりあえない……エド！　君とはきっとわかりあえないよ！」

「その通りだなリオン。お前とはいつも平行線だ。あの革命の時だって……」

「！　あれは！」

「黙《だま》れ！　所詮《しょせん》お前とは生まれが違《ちが》う！　貴族様の御託《ごたく》は十分だ、剣を抜けリオン！　その納豆巻きとシーチキン巻きは——俺がマリアンヌさんの墓前に供えてやる！」

「こ、このわからずやぁぁぁぁぁ！」

「貴様のような奴がいるからぁぁぁぁ！」

いや……。

どういう世界観なのかいまいちよくわからないが、ともかくとんでもなくシリアスで、とんでもなく複雑な立場同士に置かれているらしいかつての親友二人風の青年達が、周囲の迷惑《めいわく》をかえりみずレイピアを抜き放ち、納豆巻きとシーチキン巻きをめぐって大喧嘩《おおげんか》している地点。

そして最後に、

「ウェストニアの王よ！　兵を退《ひ》け！　そのホットドリンクの上段、うぉ～いお茶の棚はすべて我がインダストリアの所有物である！」

「貴様は変わらんなインダストリアの王……しかしこちらとて退くわけにはいかん！　前線では寒さに耐《た》えながら、かの大国の脅威《きょうい》にさらされている兵達がうぉ～いお茶の到着《とうちゃく》を待っている。貴様のほうこそ……今すぐ兵を退け！」

高そうなマントとガウンをはためかせながら、三名ずつの兵をそれぞれ傍《かたわ》らに待機させている、青いガウンを着た王と、赤いガウンを着た王のにらみ合いの続く地点。

とにかく、立ち止まっているヒマはない。

弁当の棚の残りＨＰはもう風前の灯《ともしび》である。

オレ達は、これを突破《とっぱ》しなければいけない。

「行くぞ……おおおおおお！」

というわけで、オレ達は裂帛《れっぱく》の気合と共に、その死のゾーンに足を踏《ふ》み入れた。

まずは、熊のような風貌の男と獅子《しし》将軍がやりあってる〝伝説級戦闘《せんとう》ゾーン〟！

二人は、目に見えて立ち上る闘気をほとばしらせながらジリジリと睨《にら》み合っていたが
……

（！　今だ！）

練習の成果を見せる時——

「恐《おそ》れ入ります、間、失礼します！」

ダッッ！

オレは自分の集中力のレベルを最大限に引き上げ、ほんの一瞬の〝行ける〟タイミングを狙《ねら》い済まして、〝伝説級戦闘ゾーン〟に突入《とつにゅう》した！

これは昨日散々練習したんだ。

昨日の夜、防犯ビデオの映像を何十回、何百回も、それこそ、目に焼きつくくらい、何度も見てわかった。

このレベルの達人同士が相見《あいまみ》えた場合。両者、攻撃《こうげき》に移る前、ほんの一瞬、大きく息を吸い込むタイミングがある。

そこにあわせて動き出せば——戦う者同士の攻撃は、ギリギリ、オレには当たらないんだ！

はたして……オレの読みは、当たった！

オレが踏み込んだ瞬間。ほぼ、それと同時に、二人はお互《たが》いがお互いに向けて、拳《こぶし》を振《ふ》り上げた。

が、オレの一か八かの踏み込みのほうが、若干《じゃっかん》速い——二人の攻撃がオレの頭の高さを通過したのは、オレの後頭部が通り過ぎた、ほんの少し後だった！

「な、何っ⁉　何だコイツは⁉」

「こ、こいつの動きは一体⁉」

二体は、互いの拳の間に意外な闖入者《ちんにゅう》が通り過ぎていったことに驚いているが、当然、オレにそんなものにかまっている暇《ひま》はない……今の決死行で、おにぎりの棚にたどり着けた！

「さぁ、いくぞ……！」

ようやくたどり着いたおにぎりコーナーに、オレはまず、おにぎりを一気に品出しする。

これは異世界に来る前からやってた動きだ。

この動きなら……オレは日本中どこの誰《だれ》にも負けない！

オレは高速で手を動かし、シーチキン、おかか、鮭《さけ》ハラミ、わかめ、梅、牛しぐれ……ともかく失われていったおにぎり在庫を一気に回復していく！

続けて、さっきの要領で、

「失礼します！」

オレは、血走った目でレイピアを振るい、

「エドォォォォ！」

「リオォォォン！」

なんかすごいシリアスな空気で闘っている、革命家二人のレイピアとレイピアがぶつかりあう場面に突入した。

風圧と剣圧で顔に次々切り傷ができるが——そんなこと気にしてたらコンビニ店員は勤《つと》まらない！

ここも、想定どおり！

昨日、死ぬほどの反復練習で、こっちの世界の住人の剣の軌道《きどう》だけはだいたい覚えた。

これもビデオを見てわかったのだが――オレ達素人《しろうと》が剣を振り回すのと違い。こっちの世界の〝騎士《きし》〟様達には、誇り高い、〝剣の型〟〝剣の作法〟があるらしかった。

剣で攻撃する箇所《かしょ》すら、ローテーションのように、互いが手順を踏んで攻撃している。

だからそのタイミングさえわかれば――

オレみたいな普通《ふつう》の人間でも。コンビニ業務をまっとうする為《ため》、この空間、なんとか抜けられる！

「上……上……下……下……左……右……左……右……B地点……A地点ッッ……！」

オレは無我夢中で呟《つぶや》きながら、剣舞《つるぎま》い狂《くる》う中、死《し》に物狂《ものぐる》いで死のダンスを踊《おど》りながら進む。

五秒後――

はたして、オレは、二人の間を横切り、サンドイッチコーナーに到達《とうたつ》していた！

いよし！

「な、何ぃぃ!?」

「僕らのレイピアの応酬《おうしゅう》の間をぬっただって!?　まさかこいつ伝説の――!?」

驚《おどろ》く二人をよそに、オレは、さっきと同じ要領で、たまご、ハム、テリヤキチキン、パストラミポークなど、売れ筋サンドイッチを次々補給していく。——よしっ！

「ラスト！」

オレは勢いそのままに、ラストの惣菜《そうざい》コーナーへ向かう。

そこにあるのは、例の、コンビニの中で兵を率いている、二人の王様達のぶつかりあいだ。

うぉ～いお茶を巡《めぐ》っての戦いは既《すで》に開戦していた！　ホットドリンクの棚も組み込まれている惣菜コーナー前は、京都の路地裏で新選組と倒幕《とうばく》派が闘《たたか》ってるのかと思えるくらい、激しい乱戦状態になっている。

しかし、一兵一兵の動きは、今潜《くぐ》り抜けてきた二つの戦いに比べればほとんどマネキンみたいなもの……

これなら、なんとかなる！

「店長代理……今です！」

オレは後ろにいる店長代理に指示。

オレの残弾は、さっきのおにぎりとサンドイッチで完全に尽《つ》きた。ここに補充すべき商品は、店長代理、真壁に預けてある。

店長代理が、今抱《かか》えているうぉ〜いお茶をここに補充《ほじゅう》できれば、今朝の任務はほぼコンプリート……

「………。

!?」

と、オレは、ここにきて気づいた。

あれ……!?

店長代理、ついてきてるよな!?

まさかと思って、オレは背後に向き直る。

そこにあったのは……

「す、すまん……透《とおる》。へへっ、ドジっちまったみてぇだ……」

おそらく、最初の伝説戦闘を抜けられなかったのだろう。

遥《はる》か後方、生活日用品の棚《たな》に、海辺に打ち上げられたアザラシのように吹き飛ばされ、口の端《はし》から血を垂らしながらなんかハードボイルドに伸《の》びている……店長代理の姿だった。

「店長代理!?」

「へ、へへ……透。悪《わり》ぃ。俺の分まで……頼《たの》……」

そこまでいうと、真壁はガクリと力を抜《ぬ》く。

「て……店長代理ぃぃぃぃ!?」

店長代理が——死んだ！

……いや。たぶん、正確には死んでないだろうが……戦力的には死んだも同然！

なんせ、今必要なコンテナは、店長代理の手元。

にもかかわらず、

「フハハハハ！　これでほぼ商品は打ち止めのようだな！　そこにあるラスト一つのうぉ～いお茶……それも我が国こそにふさわしい！　いまこそ世界を我が手に……！　全軍突《とつ》撃《げき》！」

「くっ、さ、させるなぁぁ！　ここが天下の分け目である！　全軍、心して残り一つのうぉ～いお茶を死守せよ！」

目の前の、うぉ～いお茶の奪《うば》い合いをしている両軍の戦いは佳境《かきょう》。いまにもラスト一つが売り切れそうなのである。

(ま、まずい！……間に合わない！)

いまから真壁のところまで戻《もど》って回収してたんじゃもう間に合わない。

このままでは……

商品が売り切れる、即《すなわ》ち商機ロスになってしまう！

（ここまでか……!?）

やっぱり――無理だったのか？

オレ達が……いや、オレ如《ごと》きが。

〝Dランク〟じゃなく、〝Sランク〟のコンビニを目指そうなんて。

そんな大それた思想――はなから、無謀《むぼう》な考えだったのか……！

心が折れかける――

その時だった。

「あーヤダヤダ。その程度のピンチで諦《あきら》めちゃって。ほんと、あんたって、全然ダメね」

オレの背後、店内から、まるでオレを挑発《ちょうはつ》するような、大げさなため息と、皮肉っぽい女子の声が聞こえてきた。

振り向くとそこにいたのは、白いカチューシャに長い黒髪《くろかみ》の少女――

「く、九条《くじょう》!?」

オレは思わず上ずった声をあげた。

こいつの名前は九条麻衣《まい》。まるで世界全《すべ》てを嫌悪《けんお》するような目つきの女。

「ったく。結局反馬《はんま》って、私がいないと何も出来ないのよね。これ、貸し一だから」

いうと、九条は、野手が本塁《ほんるい》にボールを返球するようなフォームでオレに向かって商品が入ったコンテナを放《ほう》ってきた。うおおお!?

ガッ、〝双剣《そうけん》〟と〝十勇者〟、リオンとエドの頭上を越《こ》え、オレのもとに飛んできた折れコンを、オレはあわてて、かろうじて胸でキャッチ！

「く、九条……助かる！　やっぱり、お前、優《やさ》し……じゃなくて、優秀《ゆうしゅう》だわ！」

「あ、当たり前でしょ!?　で、でも、勘違《かんちが》いしないでよね！　私は別にあんたのこ」

「うおおおお！」

オレはまだなんかくっちゃべってる九条の話をぶった切って、折れコン片手に、前方の兵士達の群れへ突撃した！

補充だ！　商品の補充をするんだ！

「聞きなさいよ!?　今の私のちょっとしたツンデレ的なくだり！」

後方で九条がなんか吼《ほ》える中、オレは一兵、また一兵とかわし、両国の兵士が争っている棚へ近づいていった。

戦える！　これで戦える！

そして一瞬《いっしゅん》の隙《すき》をつき、オレは件《くだん》の棚の前に躍《おど》り出る。よしっ！

「行くぞ、秘儀《ひぎ》・『百烈ドリンク補給拳』……せああああああ！」

オレは最後の力を振り絞《しぼ》り（現在時刻・午前八時一分）、

ガガガガガ！

閃光《せんこう》のような腕捌《うでさば》きで、棚に次々うぉ～いお茶を入れていった！

「何⁉」

「棚が……棚が蘇《よみがえ》っていく⁉」

「いけぇ反馬！」

九条の声。

「これで……終わりだぁぁぁ！」

そしてそんな中、
ガッシャア！　オレは折れコンの中のラスト一本を売り場に補充！

その瞬間……

まるで今店がオープンしたかのように、商品がフルに入った棚が完成。

「お、おお！」

「う、美しい！」

それを見た両国の兵士から、うっとりとした歓声《かんせい》があがる！

（や、やったぞ…………！）

どうっ。

ホッとしたオレは、ぜぇ、ぜぇ……息を切らしながらその場に倒《たお》れこんだ。
（これでよかったんですかね……⁉　〝先輩《せんぱい》〟……⁉）
極限の疲労《ひろう》が襲《おそ》ってくる。
（し、しかし、異世界のコンビニ店員って……こんなに大変なのか……！）
薄《うす》れゆく意識の中、オレは、そもそもの発端《ほったん》。
〝この世界〟に来た、八日前からのことを、走馬灯のように思い出し始めていた——！

シフトI　バイトリーダーの闘《たたか》い

「だーかーら！　移転じゃなく、転移！　関西から関東に引《ひ》っ越《こ》したとか、日本からドイツに引っ越したとかじゃなく、全く未知の世界にきてるっていってんでしょ⁉」

コンビニ『デモン・イレブン』店内――。

事務所。

店長デスクの上に置かれたコードレス電話をワシ掴《づか》みにしながら、店長でもなんでもないアルバイト――九条麻衣《くじようまい》が、いつも通り、攻撃《こうげき》的な口調で叫《さけ》んでいた。

『はぁ？　何いっちゃってんの、オマエ』

その受話器越《ご》しから返ってくるのは、この店に居る人間の誰《だれ》より目上――店長のさらに上たる存在である、ＡＭ――つまりエリアマネージャーの声である。

ちなみにこのＡＭ、まだ二四歳で、外見はホストのようにチャライ。うちの店の店員には全員から嫌《きら》われていた。

『だから何？』

ＡＭはあっさりいった。

「はぁ⁉」

『そこ、電気も通ってるし、商品の補充なんかも何故《なぜ》かできんだろ？　しかも何故か言葉は通じて店の中の金も価格表示も勝手に〝Ｇ《ゴールド》〟になってるデタラメ世界だっていってたじゃねーか。

【半年以内に本部評価〝Ａ〟】

とにかく、何の偶然《ぐうぜん》か、お前らが異世界に跳《と》んだ今日――本部会議で、その条件が決まったんだ。

日本に居ようが異世界に居ようが――それ達成できなきゃ、お前らの店、閉鎖《へいさ》させてもらうぜ』

突《つ》き放すような声で、ＡＭはいった。

「な、なんでそんな冷酷《れいこく》になれんのよ、あんた⁉　うちのＡＭでしょ⁉」

『冷酷？　……別に普通《ふつう》だろ。売り上げ低迷、サービス最悪。本部評価Ｄのお前らに下されるジャッジとしちゃ、きわめて妥当《だとう》なモンに思えるけど？』

「ぐぅっ……！」

九条が悔《くや》しそうに声をあげる。

「な、なぁ」

と、そこで声をあげたのは、店長代理——というか、今日、地元ということで、うちの店で一日店長やる為《ため》訪れていた、不運な男。

最近人気のアイドル的声優で、『悪魔《あくま》の目つきと天使の声を持つ男』『今最も危険な声優』『触《ふ》れるもの全てを切り裂《さ》くナイフのような眼光の持ち主』などとよく雑誌で紹介《しょうかい》されてるという男、真壁《まかべ》ケイタ。

「なんかよくわかんねーんだけど。俺、ただの一日店長だし。その物語に参加しなくていいんだよな？　AMにそれ聞いといてくれ」

「参加すんに決まってんでしょ⁉」

九条がそれを一蹴《いっしゅう》。

「えぇっ⁉」

「わかったわ……〝先輩〟が勤めてたこのコンビニ。そう簡単に壊《こわ》されてたまるもんですか。Aといわず。Sランクくらいとって、あんたなんか見返してやるわよ！」

『あっそ。じゃあSな。半年後——つまりこっちの世界でいう年内に、目標達成できなかったら。問答無用でその店閉鎖。異世界に店残ったままだとしても、商品補充《ほじゅう》とか一切《いっさい》応《こた》えない、そうさせてもらう』

「望むところよクソＡＭ……！」

『クソ？　〝ＡＭ〟に暴言、マイナス一〇〇ポイントだ』

「こ……このクソ男！」

『さらにマイナス一〇〇ポイントだ。道のりは険しそうだな。まぁ、せいぜい頑張《がんば》ってくれや。

何故か、その電話、俺の携帯《けいたい》とだけ連絡《れんらく》つながるみたいだから。閉店宣告する時はこっちから連絡させてもらうわ。じゃなっ』

冷たく、軽薄《けいはく》にいうと、
ツーツーツー……

店内に、途切《とぎ》れた通話音だけが、むなしく響《ひび》く……！

（マジかよ……！）

その様子を見ながら、オレは一人思うのだった。

（ど、どうしよう。これ、オレ的に、めちゃくちゃ困った状況《じょうきょう》になってきたぞ……！）

※

「なんっなのよっ……あのクソＡＭは!?」

ガッ!!

通話し終わったコードレス電話を、ヒビ入りそうな勢いで充電台《じゆうでん》に戻《もど》す九条。

「お前ら悲惨《ひさん》な店で働いてんだなー……」

同情するようにいったのは、店長代理、真壁だ。

「つか、売り上げ低迷……サービス最悪……本部評価D。

そんなひどい店なん？　ここ。

お前……反馬透《はんまとおる》、だっけ？」

そしてその店長代理は、オレ——反馬透に聞いてくる。

「え!?　あ、あぁ。ま、まぁそうですね」

オレは、頷《うなず》く。

「自分でいうのもなんですけど。

確かに、ウチの店……今、ありとあらゆるレベルで、最悪、ですかね」

オレは真実を口にした。

「店舗《てんぽ》が常時清潔な状態に保たれている……↓×。

〝いらっしゃいませ〟〝ありがとうございました〟の声が出ている……↓×。

従業員同士連携《れんけい》がとれている……↓×。

商品の品揃《しなぞろ》えがいつ行っても一定……↓×。

働いてるバイトメンバーのクオリティ……↓×、ですし」

「「ハァ⁉」」

その瞬間。

店内に居た、他のメンバーから、嵐《あらし》のような抗議《こうぎ》の声が返ってきた。

「働いてるメンバーのクオリティ⁉　どの口でいってんのよアンタ⁉　この状況、あんたのせいでしょ⁉　クソ反馬！」

けたたましくいってくる、九条麻衣。

「な、なんだとぉ……⁉」

「にゃはは！　いいじゃんか透、別に、クオリティ×で。死ぬわけじゃねーしさー」

気楽な笑顔《えがお》でいっているのは……ボーイッシュな短髪《たんぱつ》に、日焼けした肌《はだ》が逞《たくま》しい、なんか肩《かた》の力が抜《ぬ》けてる少女――野宮勇気《のみやゆうき》。音楽と食事をこよなく愛す女でもある。

「いや、あのさ……」

「塔子《とうこ》失笑《しっしょう》ですー。一番使えないの、間違《まちが》いなく透先輩《せんぱい》なのにな」

最後に棒状のチョコ菓子《がし》をぽりぽり食べながらブーたれているのは、ある種、一番今時のコンビニ店員っぽい、白に近いほど髪《かみ》を金に染めた眼鏡《めがね》ギャル、白雪《しらゆき》塔子。こいつは、他のメンバーより一学年下の年齢《ねんれい》になる。

「お・ま・え・ら……」

オレは絶句した。

「あのさ。誰のせいで。〝A〟だった本部評価、〝D〟まで下がったと思ってるんだよ!?」

オレはこの機会に三人に反撃する。

「九条！　お前、いちいちオレのいうことに反抗《はんこう》するのやめてくれよ！　いや、オレがまちがってる時ならいいけど。オレがあってる時も反抗するから、なんか、わけわかんないことになっちゃう時あるだろ!?」

「はぁ〜？　私はいちいちなんか反抗してないわよ。あんたが明らかに間違ったこといってるから、私はその都度間違い訂正《ていせい》してやってるんでしょ……!?」

冷たく、軽蔑《けいべつ》するような視線とともにいってくる女。

こいつは九条麻衣。うちの店のサブバイトリーダー。

性格は……かなりキツい。この世の全《すべ》て嫌悪《けんお》してんのかってくらい全員にキツめで、特にオレには、ことさらキツい。

あと、謎《なぞ》の習性として、「優しい」と褒《ほ》めると、列火の如《ごと》く否定する癖《くせ》がある……。ま、それはまた、後々わかってもらえるだろ。

「それから、勇気」

続けてオレは、お気楽女子、野宮勇気にいう。

「ん？　なんだよ透」

「店でわかんないことあったら、適当にゴマかすな！　お前……この前も、葬式《そうしき》に持っていく不祝儀袋《ぶしゅうぎぶくろ》、客に頼《たの》まれて。結婚式《けっこんしき》に持っていく祝儀袋出してただろ。クレームが、オレのとこくるんだよ！」

「あー！　ワリーワリー、頭じゃわかってんだけど、ついな、つい」

勇気が陽気に笑い飛ばそうとするが、〝つい〟でクレーム発生させないでくれ⁉

ちなみに、全然余談なんだけど、この勇気とさっきの九条は従姉妹《いとこ》同士で、しかも同じ団地に住んでいる。さらにいえば、オレも同じ団地に昔から住んでいるので、オレ達三人は別に仲良しだったわけじゃないけど、昔から顔だけは馴染《なじ》みだ。

「それから……白雪！」

「んー？」

オレは、鏡を見ながら、髪を整えている白雪にも指摘《してき》する。

「お前は…………。たまには、本気、出そうや！」

オレはますます脱力《だつりょく》しながらいう。

「何、本気って？　塔子ばかだからわかんないですぅ」

「ばかとかいいつつ、お前、海外の大学から入学請《こ》われるくらい天才じゃん……高一だけど」

オレは泣きたかった。

「あと、家が大病院で、でもそんなのと関係なく、独学でプログラム組んで死ぬほどマージン貰《もら》ってるやり手だったりするじゃん……。なのになんで。なんでこの店で働く時だけ、一人だけ休憩《きゆうけい》時間自由、レジとか接客も、気が向いた時だけやる、ノマド的システム採用してんの⁉」

ほんと、泣きたかった。

なのでオレは滔々《とうとう》と問い詰《つ》めたが……

ひくっ。

その時、どこからともなく、しゃくりあげる声が聞こえた……。

え……。

「そ、そんなの……そんなの塔子にだってわかんない！」

白雪塔子が、パニックになったように泣きながらいっていた。

え、えぇー……⁉

「えと、あの……白雪？」

「この前だって、あと二時間でオックスフォードが論文出せって五月蝿《うるさ》いし！　日本政府はTPPに関してやたら助言求めてくるし！　お父様は、手術手伝えっていうし！　バイト、したくたって、できないんだもん！　塔子絶対悪くないもん！」

ギャン泣きしながらいってくる白雪。え、えぇぇー……!?

「あ、あぁぁぁご、ごめん、ごめん！　そ、そうだよね、オックスフォード五月蝿かったら、コンビニバイトしてる場合じゃなかったよね!?　悪かった、オレが悪かった！」

必死に謝るオレ。何なんだこのキャラは!?　才能に対して精神アンバランスすぎるだろ……!?　てか、そもそも、TPPに関して助言求められる女子高生、なんで、コンビニでバイトしてんの!?　むしろそっちに全力注いでくれよ日本の為に……。

「あーあ。また泣かせて。ダッサ……」

そんな必死なオレを、九条が、助けるでもなく、ただただ嘆息《たんそく》して冷ややかに見つめている。

「にゃはは！　透とシロはいいコンビだよなーほんとに」

それを見ておかしそうに笑うのは勇気。

どこがだ!?　ちなみに、シロというのは、白雪のことである。勇気は白雪をそう呼ぶ。

（はぁ～あ……）

もう……なんなんだ……こいつら。

ほんと、つくづくガックリ肩を落とす。

ウチの店……接客業なのに、協調性ないバイト多すぎるだろ……⁉

こんなバイト、普通《ふつう》、ある……⁉　それとも、バイトって、これくらいロクなヤツいないもんなの……⁉

（あぁ、ほんと、えらいことになってきた）

ハァ。オレは嘆息する。

（やっぱ無茶ですって……〝先輩《せんぱい》〟。

オレに、バイトリーダーなんて！）

つくづく、痛感する。

あの日。

あの時。

オレがバイトリーダーになってしまったことで、オレの人生は、百倍大変になってしまった……。

※

異世界へ来る、ちょうど二ヶ月前。

オレが大好きだったバイト先の〝先輩〟が、大学卒業&、横浜《よこはま》かどっかのベンチャー企《き》業《ぎょう》に就職するとかで、七年くらい居たバイト先――つまりウチの店を辞《や》めることになった。

その、件《くだん》の先輩の送別会を、オレ、先輩、店長（代理ではないほう）の三人で行った時。

驚《おどろ》くべき展開が起こってしまったのだ。

「あー、そうそう。次のバイトリーダーだけど。透。次、お前な」

まさかの……まさかの、五年ぶりくらいのバイトリーダー交代、次期バイトリーダーに――オレが指名されてしまったのだ。

「え……えぇぇ!?　い、いや、無理です!?　先輩の後とか……オレに継《つ》げますかね!?」

オレは全力で辞退した！

眉目秀麗《びもくしゅうれい》。才色兼備《さいしょくけんび》。豪華絢爛《ごうかけんらん》にして、時に〝エスパー〟と称《しょう》されるくらい、他人の心が読める唯一《ゆいいつ》無二の最強バイト〝先輩〟。

その力でこの個性豊かすぎるバイトの面々を抑《おさ》えていた先輩の、その後を、オレが継ぐとか……あまりにも前任者とギャップありすぎる！

「ていうか、キャリアでいえば、オレだけじゃなく、九条も同期なんだし、だったらアイツのほうが向いてるんじゃ……」

その時、全体のバランスも考えて、九条のことをオレは推《お》したが――

「ダーメ。もう決まったことだから。まぁ、麻衣は、サブリーダー的なポジションでいいっしょ。さ、もう決定決定。飲もうぜ飲もうぜ」

「ええええ……!?　つかオレ未成年」

というわけで――

なし崩《くず》し的に、オレのバイトリーダー人生が始まってしまった。

その結果。

「はぁぁ!?　透がバイトリーダー!?」

それを聞いた女子陣《じん》は難色を示し、

「ふ、ふぅん。反馬がメインで。私がサブ。面白《おもしろ》いじゃないッッ……!?」

特に、新サブリーダー……オレを嫌《きら》ってる九条麻衣は、平静を装《よそお》ってペットボトルの紅茶を飲もうとするが、全く平静を装えず、ペットボトルの中身を周囲にぶちまけるくらい怒《いか》りに震《ふる》えていた。

それ以後――

自他共に予想した通り、オレの求心力では、九条、野宮、白雪を始めとする個性派メンバーを纏《まと》めることは出来ず。店はなんか無茶苦茶になっていき……評価もDランクにまで下がった。

だから、オレはもう、最近この重責に耐《た》えきれず。

ぼちぼち、この店のためにも、この店辞めるべきなんじゃないか……そう思っていたのだ。

なのにまさか、その矢先、異世界に転移して。

しかも、

『半年以内にSランクとらなきゃ、店が、潰《つぶ》れる』

状況《じょうきょう》に立たされるとか。

どこまで追い込めば気が済むんだ、オレの運命司《つかさど》る神様……!?

※

どうしよう――。

というわけで、オレは困惑《こんわく》する。

このまま、ここで『デモン・イレブンの挑戦《ちょうせん》』に参加するってことは。

そんな、バイトリーダーにふさわしくないオレが、そのまま店に参加するってことで。もしかしたら、いや、もしかしなくても、店の為《ため》にならないかもしれない。もしかしたら、オレがいるせいで、この店も、本来届くはずのSランクにも届かないかもしれない。

オレは、このまま、店に残っていいんだろうか……!?

「いいんじゃねーのー」

が――

その時だった。

迷っていると、意外な人物……いや、こいつは、昔から、こういう時よく声をあげる――

気楽な女、野宮勇気が、さっぱりした口調であっさりいった。

「ん？　勇気？」

「面白そうじゃん。デモン・イレブン異世界篇《へん》。やってみてもいいんじゃねーの？　透」

勇気は、自分の意見の表明というより、ハッキリオレに向けて、そういった。

（う……!?）

オレは、若干《じゃっかん》、たじろぐ。

もしかして。

勇気には、オレの悩《なや》み、迷いがバレてんのかな……⁉

「な、そうだろ、麻衣」

そして勇気が九条に促《うなが》す。

「フン……！」

すると、九条はそっぽを向いて、

「いつまでもビビっててんじゃないわよ。昔から、そういうとこがヤなのよ、あんた。ダメだったら私がバイトリーダー変わればいいだけだし。お情けでもう一回だけチャンス回ってきたと思って頑張《がんば》れば、それでいいんじゃないの？」

本当に嫌《いや》そうに吐《は》き捨て、

「ったく。あんた、ほんと、いつになったら………！」

そしてさらに、何かいいたそうに口を開いたが、

「クソ……！　クソ反馬！」

結局、いつも通り普通に罵《ののし》ってきた。

な、なんなんだよ……⁉

けど。この感じ。

もしかして。こいつにも、オレが悩んでたことバレてるんだろうか。

さすが同じ団地に住んでるだけある……のか？

「う、うーーん」

最後に、一回だけ、オレは唸《うな》る。

「…………」

正直……自信はない。

店、辞めるか。

もしくは今すぐバイトリーダーの座降りて、九条にバトンタッチしたほうが、この店の為になるような気もする。

けど……。

少なくとも、この二人は、とっくにオレの葛藤《かっとう》を察知していて、そして、その上で、まだ、オレにバイトリーダーとしてやっていくチャンスをくれるらしい。

自信も勇気もないけど。

こうやってまだ、信じてくれる人間が居るなら。

勝手に自分で諦《あきら》めず、その状況《じょうきょう》　状況でベストを尽《つ》くすべき……ですかね、〝先輩〟。

「わ、わかった……」

オレは、頷《うなず》いた。

「やってみようぜ。

『デモン・イレブンの挑戦』。

半年後までに、店のランク、Sランク。

オレも、オレに出来る範囲《はんい》で、ベスト尽くすわ……。

優《やさ》しくしてくれてありがとな、九条、勇気も」

と、オレ。

「はあ⁉　だ、誰《だれ》が優しいって⁉」

その瞬間《しゅんかん》、九条が異常なほど動揺《どうよう》しながら必死に否定してきた。

しまった！　感極《きわ》まって禁句いったか！

「にゃははは！」

それを見て、勇気が楽しそうに笑っているが、

「ちょ……ちょい待て」

そこで口を挟《はさ》んだのは店長代理だ。

「俺……そのミッション、参加しなくていいよな？　だって俺、あれだぞ⁉

若干一三歳で、国民的ロボットアニメの主人公パイロット役やって。それで火ぃついて、

そのまま一気にスターダム駆《か》け上がっちゃった声優……真壁ケイタだぞ⁉」

「は？　知らないわよ、アンタのことなんか……」

九条がオレへの怒りも忘れ、一蹴《いっしゅう》してる。

う、うーん。まぁ確かに。オレも真壁ケイタ、のことはあんま聞いたことないなぁ。

「嘘《うそ》だろ⁉　今度『進撃魔女《しんげきまじょ》エリザ★』の主役も決まってたし。あ、じゃ、あれは？『強気でペダルを踏《ふ》んで！』のマネージャー役の」

「だから知らないって！　とにかく、ただでさえ人少ないんだから。たとえ一日店長だろうが、たまたま騒動《そうどう》に巻き込まれた人気声優だろうが、店長代理として、しっかり先頭立って兵隊として働きなさいよ！」

「マジかよ⁉　何で俺がそんな目に⁉」

「だから一日店長だからでしょ⁉」

「だからそれ明らかに一日店長の領分超《こ》えてんだろ⁉」

揉《も》めに揉める店長代理とサブリーダー九条麻衣。

う、うぅむ、まぁ、なんか色々、一抹《いちまつ》の不安が残るが。

デモン・イレブン。

とにかく、異世界で営業、開始してみるかぁ。

※

「い、いらっしゃいませ、人間界《エデン》からやってきた、〝悪魔のように便利〟な店、デモン・イレブン、本日、新装開店でーす」

とりあえず、その日から。

オレ達は、店の前の平原に出て、呼び込みをすることにした。

当たり前だが、最初は、受け入れてもらうまで、中々苦労した。

「あ、い、いらっしゃいませー」

「お？　これ、何の店？」

最初に通りがかったのは、いかにもファンタジーな鉄製の鎧《よろい》をまとった、ボサボサの茶《ちゃ》髪《ぱつ》の気のよさそうな男。職業は戦士だろうか。

「あ、コンビニエンスストアと申しまして……まったく新しい業務形態です！　普通《ふつう》、店というのは、一軒《いっけん》一軒が専門店、種別の異なる物買う時って、複数お店を回らなくちゃいけないじゃないですか？」

「うんうん」

「けど、ここは違《ちが》います。この一軒の中に、本屋、八百屋、食料品店、雑貨屋、ドーナツ屋——ありとあらゆる店が入っているので、この一軒だけ来ていただければ、お客様の用事は全《すべ》て事足りるのです！　この店はこの世界に革命を起こしますよ！」

「マ、マジで⁉」

驚愕《きょうがく》する異世界人の、戦士風の男。

「じゃ、じゃあ、あれくれ！　銅の剣《けん》！」

「……。

え？」

「何でもあるんだろ⁉　当然も武器屋も！　今、手持ちの武器なくてよ、銅の剣欲《ほ》しくて……あぁ、あと、盾《たて》も幾《いく》つか見せてくんねぇか⁉」

「…………………」

気まずい沈黙《ちんもく》が落ちた。

そ、そうか……異世界で〝何でも〟とかいっちゃったら。その辺の装備品とか魔法も揃《そろ》ってるって勘違《かんちが》いされるか。

「も、申し訳ございません。なんでもあるんですけど。そういった商品、だけは取り扱《あつか》いなくってですね……」

「ハァ⁉　なんだよ使えねぇな……二度と来るかよ！」

最初の客は、無情にも去っていった。

こんなこともあった。

「い、いらっしゃいませ〜、〝悪魔のように便利〟な店、デモン・イレブンでーす」

「え？　これ、何の店？」

どこからともなく、客の声が聞こえた。

姿は……見えない？

「あ、こちら、コンビニエンスストアです！　非常に便利なお店で、」

とりあえずオレは全方位に向かって語りかけるが、

「へぇえ、なんか面白そうじゃん！　え、何？　コレ、誰でも入れんの？」

「勿論勿論《もちろん》！　東京時代も、酔《よ》っ払《ぱら》いやら強盗《ごうとう》犯やらほんとに多種多様な人間が来てましたし、」

「おぉ、マジか!?　じゃあ、入れてくれや！」

そういった瞬間、突然《とつぜん》辺りが真っ暗になり――

ズゥウゥン！

次の瞬間、轟音《ごうおん》とともに、目の前に何かが降り立った。

「……。

え？」

現れたのは——体長一〇メートルくらいだろうか？　だいたい、コンビニの大きさを倍、にしたくらいの巨大《きよだい》な虹色《にじいろ》の鳥。

「いやー、助かったよ。オレ、サイズ的に、中々入れる店なくてサ？　で？　ここは、どういう魔術理論で、オレみたいなモンも中に入れるんだい？」

「…………………」

気まずい沈黙が落ちた。

し、しまったぁぁぁぁぁ……。

コンビニって、酔っ払いや強盗犯、まぁ、ギリギリ、関取くらいなら入店できるけど……。体長一〇メートル以上の怪鳥《かいちょう》は想定してなかったぁぁ……。

「も……申し訳ございません！　誰でもご来店いただけるんですが……お客様の場合、にゅ、入店は、ちょっと、できないかと」

「はぁぁ!?　なんでだよ!?　ぬかよろこびかよ!?　最悪な店だな、二度とくるかよ!?」

バッサァァ！　翼《つばさ》はためかせ遠くの山の向こうへ去っていく怪鳥。

や、やば……オレ達、出だしから、けっこう店のアピール失敗してないか、これ!?

「あ、あのよ。たぶん。このままやってても、永久にラチ、あかねぇと思うぜ……⁉」

※

そこで、だった。

そこで、意外に有益な意見を出してくれたのは、真壁ケイタだった。

「はぁ⁉　何でよ⁉　まだちょっと躓《つまず》いただけじゃない！　ここはみんな一致《いっち》団結して！　一〇〇回断られても、たとえ一〇〇〇回断られても、めげずにやっていくしか……！」

それに対し、九条は、血走った目で、性格そのまま、なんか周り見えてない猪突猛進《ちょとつもうしん》な持論を展開するが、

「い、いや。お前、なんかアブねーな……？

そうじゃなくて。お前ら、たぶん、順番逆なんだよ」

苦々しくいってくる、店長代理。

「は？　順番逆？」

「な、何がです？」

「あのなぁお前ら……マジか……」

店長代理は頭を抱《かか》え、

「おいおい……俺このチームだと、割と常識人か……!?　一応、最近は不思議ちゃんキャラで生き残る路線も開拓《かいたく》しつつあったのに……！

くそ、伊達《だて》に二〇年も生きるもんじゃねぇな……！」

絶望したように頭を抱え、

「い、いいか？　何故《なぜ》か俺以上に常識を知らねぇお兄さん、お嬢《じょう》さん方。耳、貸しな。こういう時はさ。まず、こういう方向から攻《せ》めていくもんだぜ……!?」

不承不承、オレ達に案を授けてくる。

※

「い、いらっしゃいませ〜。

人間界《エデン》からやってきた、料理が美味しい店、デモン・イレブンです！

試食もやってますー！」

翌日――

店長代理は店頭に立ち。

オープン記念！　ということで、試供品扱いで、おにぎり・サンドイッチを数量限定で配ったり、おでんやチキンを店頭販売《はんばい》したり、幾つかの商品の試食コーナーも店頭で展開していた。

「はぁぁ……!?」

その作戦に、一番不快そうなのは、勿論《もちろん》九条だ。

「何でちょっとでも売り上げあげなきゃいけないのに、タダメシ食わせなきゃいけないのよ!?　あんたもしかして、うちの店潰《つぶ》すために雇《やと》われたスパイ!?」

とかなんとか、猜疑心《さいぎしん》を全開にしていたが、

「まあ見てなって……！」

自信満々に呟《つぶや》く、店長代理。

「お、なんだこれ？」

その時だった。

デモン・イレブンに、早速《さっそく》客が来た。

お、おお!

寄ってきたのは、ベレー帽《ぼう》をかぶった盗賊《とうぞく》風の男。

「いらっしゃいませ。只今《ただいま》、オープン記念で、店内商品色々ご試食いただけます。おひとついかがですか？」

さすがアイドル業みたいのやってただけあって、完璧《かんぺき》すぎる営業スマイルでいう店長代

理……！

「あぁん？」

しかし、盗賊男は若干警戒《じやっかんけいかい》した表情。

「タダぁ？　うーん、けど、タダより高いもんはないってオレ、お頭《かしら》にキツくいいつけられてっからなぁ」

男はちょっと距離《きょり》をとり、

「フン……ほらねっ」

それを見て、九条は、何故か得意げな顔だが、

「まあ、まあ。これなどどうです？　日本の〝おでん〟という商品なんですが」

そこで店長代理は、めげずに、さっとおでんのカップを一つ取り、中に一つ具を入れて、お客さんに渡《わた》した。

「ん？　なんだ？　オデン？」

「はい。その中の……それは、ダイコンです。よかったら、どうです？」

「はぁ？　………なんだよこの……黄ばんだ木の根みたいなまずそうな食いもんわ……てめ、客にんなもん食わせる気か？」

ギロリと睨《にら》みをきかせながらいってくる盗賊。

「まあ、まあ。もしお口にあわなかったら——そうですね、謝罪費として、お幾らかお支《し》払《はら》いさせていただきますよ？」

如才《じょさい》ないが、しかしどこか不敵な笑《え》みと共にいう店長代理。お、おお……！

すげぇ、強気だ……！

「何いってんのよあのアホ……！」

九条は気が気でない様子だが、

「フン……！」

盗賊は……その店長代理のハッタリに十分のせられたようだった。

「いいだろう。のった。けど盗賊に〝さっきのは無し〟は通用しねーからな。まずかったら……キッチリお代、いただくぜ？」

眼光するどく、男。

「どーぞご自由に」

「面白《おもしれ》ぇ……！　お前の有り金……このオレが貰《もら》い受ける！」

喜々としてダイコンにしゃぶりつく盗賊男。

その展開に、オレと九条は戦慄《せんりつ》した。

おいおい！

そんな無茶な、しかもこんな若干アウトローな感じの相手にそんな啖呵《たんか》きって本当に大丈夫《だいじょうぶ》か⁉

「知らないからね……！」

九条は不快感たっぷりにいっているが、そんな中――

「フン……！」

ニヤリ。

ダイコンを咀嚼《そしゃく》した盗賊男に、余裕《よゆう》の笑みが浮《う》かんだ。

「なんだ。〝ダイコン〟。どんな至高の美食か、どんな究極の珍味《ちんみ》か、期待して食ってみりゃ……なんのことはない。昔オレが孤児院《こじいん》とかで食ってたような。土臭《つちくさ》い。どこにでもあるような古くせぇ味じゃねぇか」

下卑《げび》た笑顔と共に盗賊は、嗤《わら》った。

（あぁ……！）

オレと九条は、青ざめる。

やっぱり……人生そう甘くない！

店長代理の作戦はミスだったんじゃないか⁉

オレ達は不安になるが、

〝まだだ〟

店長代理は、かすかに首を振《ふ》ってそう合図してる。

な、何ぃ……!?

何がまだなんだ？

見守っていると、

「フン……！」

事態が、動いた。

「こりゃーどうやらオレの勝ちだな。お前、オレを盗賊だと思ってタカぁくくってたな？　オレぁこう見えて、世界中の高くて美味《うま》いもん散々っぱら食ってんだよ。だからいまさらこんな古くせぇもん食ったたって、オレの心はちっとも──」

最大限の嘲笑《ちようしよう》を浮かべようとする盗賊。──だったが。

その時、無駄《むだ》にロマンチックな奇跡《きせき》が起こる。

「……え？」

全員、息を呑《の》む。

目の前の盗賊が。散々勝ち誇《ほこ》ったように笑っている盗賊が。

笑いながら。

目から、キラリ——あまりに綺麗《きれい》な大粒《おおつぶ》の涙《なみだ》を、一粒、こぼしたのだ。

（え……ええ……）

（な……泣いてるぅぅ!?）

オレ達は戦慄《おのの》いたが、

「え？　お？　おお!?　なんだこりゃ!?　お、おれ、一体……！」

もっと動揺《どうよう》しているのは盗賊のほうだった。盗賊は、自分でも、自分が何故《なぜ》泣いているか、わかっていない様子。

その時。唐突《とうとつ》に勝ち名乗りをあげたのは、人気声優……真壁ケイタだった。

「勝負は俺の勝ちのようですね」

店長代理！

「ばっ……フザけんな！　俺は美味いなんていってねぇぞ！　こんな料理！　俺は昔散々食って」

「昔散々食った懐《なつ》かしい味。それが、いつでも、どこでも、手軽な値段で、しかもちゃんと温かいまま食べられる。それが日本が誇る国宝——〝おでん〟の、素晴《すば》らしいところなんですよ」

店長代理は、真っ向盗賊を見据《みす》え、誠実且《か》つ熱血な声色《こわいろ》でそういいきった。

ODEN

お、おお⁉

「な、懐かしい味が……いつでも、どこでも？」

「はい。人は皆《みんな》、大人になるにつれて、金銭に余裕もでき、口に入れる食べ物もどんどん高級なものになっていきます。けど。人が本当に美味《おい》しいと思えるもの。それは果たして、ただ〝高級〟なだけの食事なんでしょうか」

（な、何の話してんのよ……⁉）

（な、なんか、コンビニ関係ない話になってきたな……！）

「俺は違《ちが》うと思います。結局、人間、一番必要なものは。高級なディナーなんかじゃない。お上品な宮廷《きゆうてい》料理なんかじゃない。

お袋《ふくろ》の味なんですよ」

「オフクロノアジ……」

完全に心打たれた表情でリピートしている盗賊。

お、おぉ⁉　意外に、あっさり、感銘《かんめい》受けちゃってる⁉

「おでんは。特に、そのダイコンは、その中でも、その象徴《しようちよう》……お袋の味の塊《かたまり》のような食べ物。

どうです？　俺は美味いと思いますが。

お客さまは。不味《まず》いとお感じですか？　でしたら今すぐ約束どおり……」

店長代理は、レジの中から札束と小銭を持ってくるが、

「バカヤロウ……！」

盗賊は、怒《いか》りまかせに、その金銭を振り払《はら》うのだった。

「俺を見くびるんじゃねぇ！　まだ俺の舌はそこまで腐《くさ》っちゃいねぇ！

美味かったよ。

ダイコン。

めちゃくちゃ、美味かったよ！」

「お客様……！」

互《たが》いに目を潤《うる》ませながらガッ！　硬《かた》く抱擁《ほうよう》する店長代理と客。

「えーと……。

これ、何？」

「さぁ……」

九条の質問にオレはそう答えるしかなかったが、

「いやー、しかしマジ参ったぜ？　え、何？　このダイコンだけじゃなく。他にも、このレベルで、色々うまいもんあんのか？」

「勿論《もちろん》勿論。おでんだけでも、たまごにコンニャク、牛すじにちくわぶと金銀財宝よりどりみどりですし。他にも、肉まん、あんまん。キラ星の如《ごと》く輝《かがや》くコンビニ弁当の数々に、カップ麺《めん》。この店、美味い商品、いくらでもありますよ？」

「おーうし……んじゃ、手始めに、今いった商品、全部もってこいや。あんたの薦《すす》める商品に間違いはねぇ。喜んで、全部キャッシュ一括《いっかつ》で買わせてもらうぜ？」

「！　ありがとうございます……では、是非《ぜひ》店内へ」

店長代理に促《うなが》され、店内に入り、野宮と白雪に案内されて商品を物色し始める客の盗賊《とうぞく》。

その光景が。

「えぇぇ……!?　か、買うですって……!?」

あまりに自分の主義からは想像できないその光景が、理解できないのか、九条はしばし愕然《がくぜん》と口を開いていた。

「な？　だーからいったろ？

この世界じゃ、昨今のコンビニに売ってるモンは、コンテンツとして、めちゃめちゃ優《すぐ》れてるんだから。

順番逆にして。金貰うより、先に商品あげちまったほうが、道開けんに決まってるじゃねか……」

嘆息《たんそく》まじりに店長代理。

「け……けどさ！　それで、その後、買ってもらえなけりゃ！　こっち、結局あげ損、食《く》い逃《に》げされたも同然じゃない！」

「そらそーだけど。食い逃げ警戒《けいかい》して、誰《だれ》もこない店より。食い逃げ犯もいるけど、一〇人中、二、三人はなんか買ってってくれる客いる店のほうが、売り上げいいだろ？　だいたい、俺らが試食用で売ってんの、安いもんだったり、ちょっと調理失敗して店出せねぇようなもんだったりばっかりだし。リスク、ぜんぜん、少ねぇって」

「すげぇ」

オレは店長代理のクレバーな考え方に素直《すなお》に感心した。

「え、なんです？　声優さんって聞いてたけど。めちゃくちゃ店長代理の資質ありそうじゃないですか。いやー、こんな人いるんなら、Sランク目指すのに百人力だ」

「ちょ、ちょっと待て……だから俺、コンビニ店長やる気ねぇって……！　まじ知らねえ⁉　真壁ケイタだぞ⁉　去年、水球部テーマにしたアニメとか俺出てたじゃん」

慌《あわ》てて店長代理否定してくる店長代理。

「知ってる？　九条」

「知るわけないでしょ⁉」

その声優活動の凄《すご》さはいまのところよくわからないが、なんにせよ、この店長代理の動きが、良い流れを呼んだらしい。

そこから、デモン・イレブンの快進撃《かいしんげき》が始まった。

「知ってっか？　この店で売ってる〝カップ麺〟って、一年ぐらいほっといても腐らねぇんだって。しかも美食ハンターが泣いて悔《くや》しがるくらい美味いらしい」

「まじ？　それ、ダンジョン探索《たんさく》の時あったら超《ちょう》便利じゃん！　うし、二、三個買ってくか」

噂《うわさ》が噂を呼び。冒険《ぼうけん》者が保存食にカップ麺大量に買っていくし、

「おっ！　これ、まじ便利なんだよ。一〇〇円ライターとライター用オイル。おれ、これ使って、この前の火炎《かえん》魔法《まほう》の試験合格にしちゃったもん。呪文《じゅもん》覚えられてねぇのに」

「マジで!?　あ、でも、このロックアイスとかいうのも便利そうじゃね？　これ服の中に潜《ひそ》ませて、氷出現させれば誤魔化《ごまか》せそうじゃん！」

若き魔術師の卵達が、いつの時代の若者もそうであるように、先人達を怒らせそうな勢いでどんどん文明の利器を取り入れていき、

「これがまじ面白《おもしれ》ぇんだよ。ジャンプ？　なんか海賊《かいぞく》の漫画《まんが》とか載《の》っててさー」

「へぇー。あ、明日《あした》、サンデーとマガジンの日じゃん。一歩どうなったかな」

やばそうな気配を持つ一つ目の魔獣《まじゅう》達は、こっちがたじろぐほどの速さで、人間界の文化を吸収し始めていく。

デモン・イレブンの認知度が、徐々《じょじょ》に、徐々に、広がり始めた。


そういえば、先日の一件以来、九条は店長代理を多少、見直したらしかった。

「ハァ⁉　だ、だから、なんで俺がレジなんか打たなくちゃいけねーんだよ⁉　俺、真壁ケイタだぞ⁉　次回作、萌《も》えアニメの主演にキャスティングも決まってんだぞ！」

「何いってんのよ⁉　あんたは声優である前に店長代理でしょ⁉　コンビニってのは、店長だってレジ打つのが普通《ふつう》なのよ！　いいから出て来いっての……あたしと勇気がレジ打ち教えてあげるから！」

文句言いつつ、多少、店の仕事を教えたりするようになった。

勇気は……やはりたまにいい加減だが、その風通しのいい性格で、異世界住人達とあっさり打ち解け始めたし。

白雪は……相変わらず態度は悪いし、気分も機嫌《きげん》も不安定だったが、それでも、前より、陰《いん》と陽《よう》でいうと陽、というか、要するに店で働いてくれる時間が増えた。
オレも、必死で働いた。
先輩《せんぱい》みたいな優秀《ゆうしゅう》なバイトリーダーになる為《ため》に。
やってみて思ったことは、思ったより、オレ、なんとかやっていけるかもしれない
……！　ということだ。
そんなに、バイトリーダーとして、何か大きな失敗もしてないし。
結果、〝先輩〟との差に悩《なや》む機会もない。
何より、店の経営が、滑《すべ》り出しとしては、予想を遥《はる》かに上回るくらいうまくいってる。
この店の経営も。
バイトリーダーとしてのオレも。
どっちも、このまま、けっこう調子よくいけるんじゃないか？
「おい！　どーなってんだよこの店は!?」
しかし、そんな時なのである。
順調な船出をブチ壊《こわ》す、厄介《やっかい》な〝異世界最初の事件〟が起こった。

※

オープン七日目——。

午前八時過ぎ。

その事件は、唐突《とうとつ》におこった。

「おい！　どーなってんだよこの店は!?」

店内に響《ひび》き渡《わた》るドスの利《き》いた声。

昨日深夜番で、ついさっきまで勤務していて、とりあえず事務所で仮眠《かみん》をとっていたオレは——その騒《さわ》ぎを聞きつけ、飛び起き。

急いで店頭に向かった。

「まぁ、まぁ、お客さん、落ち着いて！　とりあえず、おでんとかどうっすかー？」

現在、レジの前では——勇気が、怒《いか》り狂《くる》っていた客を、必死ではぐらかしている。

勇気の特性、持ち前の明るさ、おおらかさ、それがうまく作用して被害《ひがい》は拡大はしていないが、しかし、さすがに勇気一人ではそれ以上問題は解決しそうになかった。

本来の責任者である店長代理は、昨日オレと一緒《いっしょ》に人生初の夜勤に挑戦《ちょうせん》したせいか、事務所で爆睡《ばくすい》したまま全く起きる気配がないし……。

仕方ない。

何が出来るかわからないけど、オレが出陣《しゅつじん》しよう。

「お、おい、大丈夫《だいじょうぶ》？　勇気」

オレは勇気に駆《か》け寄る。

「あぁん⁉」

すると、件《くだん》の客が、オレをねめつけた。

「お前、責任者か⁉」

「ま、まぁ、今は、そうです」

「お前なぁ……！」

クレームをつけていたのは……

一匹《いっぴき》の、〝竜《りゅう》〟だった。

大きさは、うちの店の入り口ギリギリ通れる程度、四足歩行で背中に小さな翼《つばさ》がある、赤い鱗《うろこ》の——まぁ、わりと、オレ達がよくイメージするままの竜だ。

「いいか？　俺はな？　この店の評判聞きつけてな？　遥々《はるばる》あの大国の向こうからな？教会のゲート使ってな？　こうやってわざわざ足を運んだんだぜ？」

そしてその竜は、オレに向かって勢いよく喋《しゃべ》りだした。

「なのによ。来たらよ。全然よぉ……商品がねぇじゃねぇか！　まだ朝の八時過ぎくらいなのによ！」

ブチギレながら、その縦に伸《の》びる瞳《ひとみ》を食料品コーナーへ向ける〝竜〟。

そこには――

（う⁉）

いうとおり。まだ開店五分足らずにもかかわらず……弁当。おにぎり。サンドイッチ。綺麗《きれい》さっぱりスッカラカンになっている食料品コーナーの棚《たな》があった。

（ええ⁉　な、なんでだ⁉）

確かに、最近は、けっこう朝も混《こ》むし。八時過ぎに、最初に置いてた商品が一回なくなっても、下手したら、おかしくない。

でも。商品は、売れた時に備えて在庫があるはずだ。何で、誰も、商品の補充《ほじゅう》してないんだ……⁉

答えを求めて視線をさまよわせていると、ちょうど、勇気と目があった。そして――その隣《となり》には、全然居たことに気づかなかった。

うな垂れて、小さくなって、気配がまったくなくなっている、白雪の姿もあった。

な、なんだ？　あの白雪の態度？　何があった？

「とにかく……。竜族ってのは、けっこう忙《いそが》しいんだぜ？　族長会議やら、山中の財宝の管理やら。もう時間がねぇ……明日また来るから。それまでになんとか解決しとけや！　明日も買うもんなかったら、焼き尽《つ》くしちまうぞ、こんな店！」

そういい捨てると、バッサァァ……！

竜が翼を広げ、店外へ飛び立っていく。

※

「え、え〜と。それじゃ、事情、聞こうか？　どういう状況《じょうきょう》だったん？」

その後。ひとまず、朝のピークが過ぎた、午前一〇時過ぎ。

売り場は、ようやく起きた店長代理に変わってもらい。

オレは、今日、件の現場にいながら、商品補充できなかった勇気と白雪に事情を聞いた。

「と、塔子……塔子、悪くないもん！」

最初に答えたのは、切実に訴《うった》えかけてくる白雪。

「まぁ、まぁ。大丈夫だってシロ。落ち着いてしゃべっていこうぜー？」

そんな白雪を、落ち着かせるように、勇気はゆっくりした口調でそういった。勇気は、白雪のことをけっこう可愛《かわい》がってるからな。

逆に、普段《ふだん》適当だけど、いざという時もそうそう動じない勇気のことを、普段死ぬほど優秀だけど、いざという時には年相応の脆《もろ》さ持ってる白雪は、尊敬してるフシがある。

「まぁ、要するにさ。売り場が混みすぎて、ちょっと、商品補充できないんだよな」

そして勇気が、白雪にかわって、オレに事情を教えてくれた。

聞くと、今日は、白雪が商品補充で、勇気がレジを担当していたらしい。だが。

昨日くらいまでは、まだ、デモン・イレブンの認知度が低かったので、そこまで表面化していなかったのだが。

いよいよ、混雑がある〝ライン〟に達したのか。異世界ならではの問題が起こったというのだ。

「こっちの奴《やつ》らはさ……どうも、バトることに関して、うちらより、全然躊躇《ちゅうちょ》がねーみたいだな」

勇気が、よくわからないことをいう。

「ん？　バトる？」

「つまり。同じ弁当が欲《ほ》しい奴が二人以上居たら……そこで、戦闘《せんとう》が始まるんさ。そのサンドイッチは渡《わた》さねぇ！　死ね！　とかいってな」

「は、はあ!?　戦闘!?」

　オレは耳を疑った。コンビニで⁉

「それがそこら中で起こっちまってて……な？　そうだろ、シロ？」

「はい……そんな状況ぬって、商品補充なんて塔子できないもん！」

　そして、白雪が、悲痛な声で叫《さけ》んだ。

「動きとかすごく早いし、剣《けん》やら槍《やり》やら武器使うし、魔法《まほう》やら召喚術《しょうかん》やらぶつけあうし、あんな状況で塔子、商品補充なんて絶対無理！　あのお客さん、明日には解決しろなんていってましたけど……いくら塔子だって、絶対無理だもん！　このお店では、最初に積んであったお弁当が売り切れたら、もう、それで終わりなんです！」

　机につっぷしながら白雪。

　い、いや、一回売り切れたら終わりって、それ、コンビニとしてだいぶダメだろ⁉

「えぇー……」

　話を聞いたオレは、頭を抱《かか》えた。

　デモン・イレブン。異世界店。

【店頭混みすぎて、商品補充できない】って。

　いきなり、日本じゃありえない問題直面してるじゃないか……⁉

「まぁ、まぁ、だいじょぶだって、シロ。こういう時は、昔っから、透がだいたいなんとかしてくれっからさ」

しかしそんな中――

勇気が、あっけらかんととてつもないことをいってきた。

「え!?」

「そ、そうですね……。透先輩《せんぱい》、バイトリーダーですもんね。後輩のバイトが働きやすい職場にするよう、最善を尽くす義務がありますもんね」

あっさり同調してくる白雪。

「え、ええ……!?」

い、いや、この問題、若干《じゃっかん》バイトリーダーとかって範疇《はんちゅう》超えてないか!?

――とも思ったが。

いや、まぁ、でも、確かに。

これくらいの問題。〝先輩〟ならあっさり解決するだろーし。

みんなに任された以上。そして、自分でも志願した以上。

なんとかしなくちゃ、もっかい異世界《ここ》でバイトリーダーに志願した意味ない……か？

「わ、わかった……」

オレは、一か八か、うなずく。

これは、オレが一皮むけるため、訪《おとず》れるべくして訪れた試練……なのかもしれない。

「とりあえず、解決策……考えるわ。期限の、明日《あした》までに。みんなは休んでくれ」

オレの発言に、勇気と白雪は、

「にゃはっ！　じゃ、よろしく頼むぜ、透ー」

「ほんとにお願いしますよ？　あぁ、明日、気が重いなぁ……」

なんだかんだ、オレを信頼《しんらい》してくれているのか、してくれていないのか。

とにかく、本当に後をオレに託《たく》して、事務所を去っていくのだった。

※

コチ、コチ、と壁《かべ》の時計の秒針が動く音。

見ると、時計は、夜一〇時をさしている。

「うわ、もう一〇時か……」

あれからずっと、ここで、問題の〝解決策〟考えてたけど。

明日の状況を解決するウルトラアイデは全然思い浮《う》かばなかった。

そうこうしてる間に、もう、とっくに夜になっている。

昨日の客が、宣言どおりの時間に来るとしたら、【店頭混みすぎて、商品補充できない】

問題解決までに。

もう、残り、一〇時間しかない！

店が焼き尽くされるまで一〇時間――！

「まじかぁ……」

ギシッ。

オレは頭を抱えながら、事務所のパイプ椅子《いす》の背もたれにもたれかかる。

とにかく、考え続けるしかないんだけど……。

うーん。

たとえば、
店に、『〝店内での私闘《しとう》を禁止します〟と張り紙を貼《は》る』――とか、どうだ？

（………ダメ、だよなぁ……）

オレは首を振《ふ》る。

いや……長い目で見れば、勿論《もちろん》効果のある方法だとは思うけど。

とりあえず今回は、明日、あの竜《りゅう》が来る前に解決しなければならないのだ。

今からその張り紙して、明日、あの竜が来るまでにそのルールを全お客に浸透《しんとう》させられるかというと――絶対無理。

（それじゃ……）

明日店頭に出て、一人一人に、『よしてください！　と叫ぶ』。

（絶対駄目《だめ》だ……）

勇気いわく、客達は死ぬ気で戦って弁当等をとりあってるという。そんな状況で、オレごときのモヤシ男子が叫んだところで、その声届くとは到底《とうてい》思えないし……それで止められるなら、昨日、白雪だって止めてるよな……。

むしろ逆の発想、

『爆売れすることを見越《みこ》して。既《すで》に、限界まで商品積んどく』はどうだ？

竜が来るまでに、どれだけ売れても大丈夫《だいじょうぶ》なくらい。

（いや……ダメだ。そもそも、毎朝、けっこう限界まで商品積んでるもん）

朝の八時頃《ごろ》のコンビニっていうのは、商品の納入も終わり、朝のピークも見越しているので、一日で一、二を争うくらい商品量は充実《じゅうじつ》している。

あの状態で無理だったんなら、やっぱり、補充なしで乗り切るのは無理……。

（うーん、クソ……やっぱ……ダメか……）

だんだん、現実が見えてきた思いだった。

異世界に来たことをきっかけに、店の流れ好転してたし。

もしかしたら――と、一瞬《いっしゅん》は思ったけど。

異世界でも、日本でも、オレは〝先輩《せんぱい》〟みたいなバイトリーダーにはなれない。

「先輩。店の為《ため》にも、やっぱ、バイトリーダーは……」

思わず弱音を口にし始めた――その時。

「うわっ。あんた、まだ起きてたの？」

その時だった。ノックの音もなく、事務所の扉《とびら》が開き。

突然《とつぜん》、中に、女が入ってきた。

※

入ってきたのは――

人数不足の為、今日は昼間に少し働いたにもかかわらず、今も深夜番として店に立っている、白いカチューシャにつややかな長い黒髪《くろかみ》の女子、九条麻衣だった。

「う、うん。ちょっと、昼間の問題のこと考えててさ」

「ふーん」

いいながら、九条は、オレの向かいにあっさり座った。

「で、どうなのよ？　何か思いついたわけ？」

「いや……全然ダメ」

オレは白状した。

「全然有効な解決策、出ない。やっぱ、先輩の後継《こうけい》とか、オレには荷が重過ぎるわ……」

オレは、九条に、打ち明ける。

「こういう時、〝先輩〟なら……めちゃくちゃスマートに、めちゃくちゃあっさり、問題解決しちゃうんだけど……」

「あんた——まだそんなこといってんの⁉」

その時だった。

九条は、かつてないほど、苛立《いらだ》ちをあらわにしてオレにいってきた。

「へ？」

「ったく……異世界になったし。ちょっとは変わるのかと思ったら。ぜんぜん変わらないじゃない！」

そして、何か、必死に、

「ったく！　あのさ、この際だからハッキリいっとくけど。私も、それにたぶん、ユーキも、塔子も。あんたに、〝先輩みたいなバイトリーダー〟になることなんか。これっっっぽっちも期待してないからね⁉」

「ええっ⁉」

まさかの発言にオレは驚愕《きょうがく》した。

「そ、そうなん⁉　なんで⁉」

「当たり前でしょ、阿呆《あほ》！　あんたと先輩、スペック、どんだけ違《ちが》うと思ってんのよ⁉　向こうは、たとえるならＦ１カー。あんたなんてママチャリみたいなもんじゃん！　どうやって勝つつもりだったの⁉」

「ママチャリ……！」

その単語にオレは多分にショックを受けた。

オレ、Ｆ１カーじゃなく、ママチャリだったのか……！

「だから、私達や、たぶん先輩だって。あんたのＦ１カーぶりじゃなく。〝先輩〟や私にない、あんたのママチャリぶりを活《い》かした、あんたなりのバイトリーダー像、ずっと待ってんの！　それなのにあんたと来たら――」

「…………え？」

九条はなおも続けようとしていたが。今、この異世界に来て史上、一番聞き逃《のが》せない発言があったので、オレは聞き返した。

「オレなりのバイトリーダー像、ずっと、待ってる？　何それどういうこと？　お前が？

オレのことといっつも〝クソ〟呼ばわりしてるお前が？

オレ、ちゃんとしたバイトリーダーになるの、待っててくれてたの？」

「はぅっ⁉　そ……そ……そんなわけないでしょ⁉　バカ！」

するとその瞬間。九条は、女子があげたとは思えない声なき声をあげ、
ガッ！

オレに向かって思いっきり紅茶の入ったペットボトルを放《ほう》り投げてきた。

「な……うおお⁉」

オレは間一髪《かんいっぱつ》よけたが、

「な……なんてヤツだ！　当たったらどうする⁉」

「あ、あんたがわけわかんないこと言い出すからでしょ⁉」

「はぁ⁉」

「わ、私が、あ、あんたがちゃんとしたバイトリーダーになるの待ってるとか！」

「い……いったのお前だろ⁉」

「いってない！」

「いってないの⁉」

いってないっけ⁉

なんかよくわからんくなってきた！

「いうわけないでしょ、この私が！　いっとくけどそんなブラフ他のみんなに流布したら、何があっても絶対コロスからね！」

「えぇぇぇ……!?」

何なのこの仕打ち……!?

ここまで必死にいってくるってことは、オレの聞き間違えだったのかな、うぅ……!?

「と、とにかく――私がいいたいことは、〝先輩〟みたいになろうなんてしても無駄《むだ》！　あんたは所詮《しょせん》ママチャリなんだから！　それ頭に叩《たた》き込んで……せいぜいさっさと明日の問題解決しなさいよっ！　バカ！　バカ反馬！」

九条は散々いいたい放題いった後、恐《おそ》ろしい速度で事務所から去っていってしまった……。

「な、何なんだ……!?　何だったんだアイツは!?」

わからない！

やっぱり、女子、特に九条って、何考えてるのかさっぱりわからない！

「……けど……」

それでも。

どさくさの中、九条が、オレに重要なヒントを与《あた》えてくれた。

オレなりのバイトリーダー像……か……！

※

残された事務所で――オレの頭は、ずっと九条の言葉を考える。

〝先輩〟になくて、オレにある資質。

F1カーになくて、ママチャリにある資質。

ここで、当然の疑念がわいてくる。

「いや……そんなもん、あるか？」

わからない。

カゴ？　それくらいなら、思いつくけど。それ、比喩《ひゆ》だし。だいたい、収納力だって、本気だしたらママチャリよりF1カーのほうが上だもんなぁ。

仕事能力。事務能力。対人能力。

バイトに置き換《か》え戻《もど》しても、オレは、全スペックで、先輩に劣《おと》っている自信がある。

けど。（オレの幻聴《げんちょう》かもしれないらしいけど）、九条はこういったんだ。

「だから、私達や、たぶん先輩だって。あんたのF1カーぶりじゃなく。〝先輩〟や私にない、あんたのママチャリぶりを活かした、あんたなりのバイトリーダー像、ずっと待ってんの。ったく、それなのにあんたと来たら――」


オレなりのバイトリーダー像……！

確かに、バイトリーダー就任以来。オレは、なんとか、〝先輩〟みたいな……完璧《かんぺき》でスマートなバイトリーダーになろうとして。問題起こったらそういうスタンスで問題解決しようとして。でも、決して、できなくって……苦しんできた。

今思えば、オレの、そんなやり方に、九条達も戸惑《とまど》って、それが店の悪循環《あくじゅんかん》のきっかけになってた気もする。

自分を変える為に。

店を変える為に。

自信がないけど、オレは、〝先輩〟の影《かげ》を追うのをやめて。

オレなりのバイトリーダー像……追わないといけないのかもしれない。

「よし。決めた」

オレは、決めた。

オレなりの覚悟《かくご》を。

オレは立ち上がり。

数時間後に訪《おとず》れる決戦に向けて、準備を始めた。


そして——話は冒頭《ぼうとう》に繋《つな》がる。

「お、おい、本気で行くのか!?」

顔面蒼白《そうはく》でいってくる、店長代理。

「行きます。オレ——もう、覚悟決めました。

弁当の問題……！　アイデアとかじゃなく。普通《ふつう》に、身体《からだ》張って、解決します！」

オレは店長代理にいう。

「勝手に決めんじゃねーよそんな大事なモンを!?」

「だって。〝先輩〟になくて、オレにある資質……これくらいしか思い当たらないんです。オレ、漫画《まんが》とかよく読んでるし。よくこういうファンタジー世界に来たこと妄想《もうそう》とかしてたから……こういう、モンスターとか冒険《ぼうけん》者同士の戦い見ても。案外、〝いけるんじゃね？〟と思える、やわらかな思考能力……！

それくらいしか、〝先輩《せんぱい》〟に無くて、オレにある資質、思いつかない……」

「あ、頭おかしいんじゃねーのお前!?　絶対違う！　それ絶対お前がバイトリーダーに推《お》された資質と違う！」

「別にいいんです。違ってても」

オレはいう。

「オレなりのバイトリーダー像……そんなもん、そう簡単には見つからないと思いますし。色々試《ため》していきたいんです。今日は、その記念すべき第一弾《だん》です」

「無理だって！　第一弾とかいったって！　突《つ》っ込《こ》んでも、浜辺《はまべ》に打ち上げられたアザラシみたいに棚《たな》の上に吹《ふ》っ飛《と》ばされて第一弾で終わるだけだって！」

「じゃ、店長、やめときますか？」

オレは店長に、にやり、と聞いた。

いちおう、勝算はある。

あの後、昨日の防犯カメラの映像を見て、ひたすら、『戦闘《せんとう》地域』を抜《ぬ》けるイメージトレーニングを繰《く》り返したんだ。

ついでに、よくわかってない店長代理も叩き起こし、ちょっと一緒《いっしょ》に練習してみたし。

可能性はゼロじゃない。

「狂《くる》ってる……お前、実は、一番この店で狂ってるわぁぁ……！」

店長代理は頭をガシガシとかき、

「やめとく？　……最年長の俺が、んなことできるわけねぇだろ!?　ったく……まじめんどくせぇ店入っちまったぜ」

店長代理は何かを諦《あきら》めるように嘆息《たんそく》まじりにいった。

「じゃ、決まりですね」

「チクショー……でも、こんな狂ったバイトいるんだったら、この仕事受けんのやめときゃよかったぜ」

「今さらいっても始まりませんよ……行きますよ！」

店頭に向かって走り出す、オレ達。


大手コンビニチェーン、デモン・イレブン。

その一軒《いっけん》。

異世界に転移したオレ達の店は、こうしてその日の営業を開始した。

異世界コンビニ、デモン・イレブン。

伝説はここから始まる。

デモン・イレブン
オススメ商品 vol. 1

おでん

コンビニの冬の代名詞。各チェーンで微妙にラインナップが異なり、中には思いもよらない具が並んでいることも。

異世界人の声

いや、俺も最初は半信半疑でしたよ。こんな土くさい食いモンが美味いワケねぇって。けど食って驚きましたよ。

もう何十年と帰ってない故郷の味がしたんだな。

今ではこの味伝えたくて、盗賊稼業から足洗って、おでん伝道師として世界まわってます。近くで店も始めたんで、よかったら寄って下さいよ！

通りすがりの“おでん伝道師”

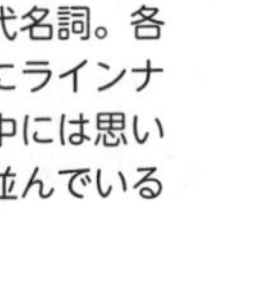

シフトⅡ　立ち読み勇者の襲撃《しゅうげき》

（ちょ、店長代理……なんとか注意してくださいよ、アイツら）

（ば、バッカ、そういうのはバイトの役目だろ!?　俺声優だっていってんだろ!?）

火竜《かりゅう》のクレーム騒動《そうどう》から数日後——

午後四時三〇分。

朝のピークを過ぎ、昼のピークも超《こ》え、夜のピークにはまだ早いこの時間。

けど、日本時代なら、学校帰りの高校生達がチョコチョコ現れたりして、忙《いそが》しくはないが、それなりに厄介《やっかい》な時間帯。

ウチの店に、異変が起きた。

オレと店長代理の視線の先。雑誌コーナー。

そこに、コンビニ店員からしたら一番腹立つ客——まったく、この行為《こうい》って、自分がやる分には全然気にならないが、自分が店員の立場になった途端《とたん》、なんでこんなに腹が立つんだろう——が現れ、迷惑《めいわく》行為を働き出したのだ。

そこに居るのは、こんな三人。

黒髪《くろかみ》を逆立て、額に、赤い宝石のはまった金の鉢金《はちがね》を巻いている男。

緑のローブに同じ色のとんがり帽子《ぼうし》をかぶった、腰《こし》の曲がった老人。

そして神官帽と聖衣を纏《まと》った、青い髪《かみ》の女性。

その三人は、こんな行為を続けているのである。

「チッ……さすがに一時間半も立ち読みしてると足が棒のようだぜ……！」

「わ、ワシもじゃ……！　しかし、祖国を救う為《ため》にも、こんなところで朽《く》ち果てるわけには……！」

「大丈夫《だいじょうぶ》！　みんな、私に任せて！」

その時、聖衣を纏った真面目《まじめ》そうな少女が叫《さけ》ぶ。

「『全員絶対回復呪文《ホーリーライト》』!!」

少女が杖《つえ》をコンビニの天井《てんじょう》に向かって掲《かか》げると、隣《となり》に居た、髪を逆立てた男、腰の曲がった老人、そして少女自身の姿が白い光に包まれ、その途端、全員の表情が一気にシャキッとした！

「おぉっしＨＰ全快！　これで木曜日発売の、チャンピオンとモーニングとヤンジャン読めるわ！」

「ワシもじゃ！『バキ』を読むぞよ！」

「わたしもー」

そして和気藹々《わきあいあい》しながら再び雑誌を読み始める三人。

その光景に、オレと店長代理は地団太を踏《ふ》んだ！

（!? 店長代理！ また『全員絶対回復呪文《ホーリーライト》』で体力全快しましたよ!?）

（知らねーよ!? 何『全員絶対回復呪文《ホーリーライト》』って!? 化物《ばけもの》かアイツら!?）

（どぉするんですかぁぁぁあ!? 〝マナーの悪い客が立ち読み等で店内に長時間居座っている〟……なんとかしないと、絶対本部評価マイナスになりますよ!?）

歯噛《はが》みするオレ&店長代理。

視線の先には三人の集団。

【勇者】デイン。

【魔道士《まどうし》】ルシファー。

【僧侶《そうりよ》】ルミナリエ。

後に知ることになるのだが、『国民の槍《やり》』と呼ばれる伝説的勇者パーティと、オレ達『デモン・イレブン』の、これが最初の対決だった——！

（い、いいか？）

（り、了解《りょうかい》！）

というわけで。

店長代理の合図に頷《うなず》く、オレ。

オレと店長代理は今、相変わらず立ち読みを続ける勇者達のすぐ背後まで近づいていた。

相手が勇者で、いかに国民の期待を背負って、世界の命運をめぐり日夜戦い続けようが、いかに日々、身体中に傷をつくり、血反吐《ちへど》を吐《は》いて運命に抗《あらが》っていようが、オレ達には関係ない。

長時間の立ち読みは、他のお客さんにも迷惑《めいわく》！

そして何より、本部の査定に大いに響《ひび》いてしまう。

オレと店長代理は、協力して、〝三人〟を排除《はいじょ》することに決めていた。

（け、けど、どーする？）

不安そうにいったのは店長代理。

（そ、そうですね。ひとまず、牽制《けんせい》してみますか？）

オレは提案した。

（ん？　牽制？）

(はい。こーいう時、日本のコンビニだと、ちょっとプレッシャーをかけるだけで、まぁだいたい六割くらいの客は撃退《げきたい》できると思うんです)

口元に、自分の拳《こぶし》を当てる仕草をしながらいう、オレ。

国民としての格差はともかく、このコンビニでは一日《いちじつ》の長《ちょう》がオレにはある。というわけで、オレはバイトリーダーとして、店長代理に秘策（？）を授《さず》けた。

(なるほど……！　さすがバイトリーダー。よし……なら、ここは、店長代理たる俺に任せろや。こういうのなら、俺は得意なんだ)

一歩前に踏み出す店長代理。

(行くぜ！)

自分を鼓舞《こぶ》するように叫ぶと、
店長代理は、さらに勇者達に一歩歩み寄り、口元に握《にぎ》り拳を当て。

「んん！」

声優の本領発揮――

特大の牽制、つまり咳払《せきばら》いをお見舞《みま》いした。

「……」

「………」

「…………………………」

が——効果はなかった。

三人は、無言で、読書を続けている。

ち、ちぃっ……さすが、普段《ふだん》から命をかけて切った張ったをやってるだけあって。この程度の圧力じゃ、蚊《か》に刺《さ》された程度も動じないのか⁉

「くっ……まだだ！」

しかし店長代理はめげない！

「んんんんんんんん！」

めいっぱい息を吸い込み、人間の限界をこえるような勢いで咳払いを再開。

が——

「……」

「………」

「…………………」

やはり、効果はないらしい。

勇者達は、まったく平然と立ち読みを続けている。

（く、くそう……）

（て、店長代理……む、無理ですよ！　オレの作戦が間違《まちが》ってました、やめましょう！）

オレは目で訴《うった》えるが、

（馬鹿野郎《ばかやろう》。諦《あきら》めたらそこで試合終了《しゅうりょう》だ――）

謎《なぞ》のモチベーション。店長代理は、ゼェゼェいいながら、

「んんんんんんんぁぁぁんんんんあああ！」

限界を超えた限界の、さらにそれを超えた咳払いを発動させた！　何でそこまで!?

もう咳払いって感じじゃなくなってますけど!?

が。

やはりそれは、無謀《むぼう》だったのだ。

「んんんん！　!?　ガッ!?　ゲホッ、ガッ、ガホッガホッ!?」

勢い込んで咳払いしすぎたのだろう。気管に何か入ったのか。店長代理がその場でむせながらのたうち回り始めた。

「て、店長代理!?」

「ガッ、ガホッガホッ!?　透《とおる》、たす、たすけ、ガホッガホッ」

救いを求めるようにいってくる店長代理。……なんてドン臭《くさ》い年上なんだ……！　あんた喉《のど》使うプロじゃないのか!?　水持ってこないと！

「全く。なんじゃ、今、せっかく良いシーンだったのに……」

が、その時だった。

店長代理の咳払いの演技（まぁもはや演技ではなくなってるのだが）によようやく気づいたのか、三人のうちの一人、魔道士服を着た老人がこっちに振《ふ》り返った。

そして、

「《状態異常絶対霧散呪文《オールキャンセル》》」

人差し指と中指だけをピッと立て、なんでもないようにいうと。

キラリンッ。

店長代理の身体《からだ》が緑色に輝《かがや》き、

「ガホッ、ガホッ……がほ……おおおお!?　な、治った!?」

店長代理がめちゃめちゃ血色の良い顔で立ち上がった。

お、おお!?　治った!?

「つか、なんだ、この調子のよさ！　長年苦しんでた肩《かた》こりも消えてるし……昨日夜ポテチ食いすぎた胃のもたれもぜんぶなくなってるぜ!?」

「《状態異常絶対霧散呪文《オールキャンセル》》。毒、麻痺《まひ》、凍結《とうけつ》などはもとより、むせ、胃のもたれ、肩こりなどの〝状態異常〟にも効く高位呪文じゃ。お代はタダにしておいてやる。問題なければ下がっておれ。今、『弱ペダ』が良いところなんじゃ」

「ハッ……仰《おお》せのままに」

完全に心酔《しんすい》した表情でその場に跪《ひざまず》く店長代理。

いやいやいや！

何簡単に懐柔《かいじゅう》されてんすか⁉

ま、まずい。

この店長代理、案外影響《えいきょう》されやすい⁉　力ある者を見つけ、従う、それがこの人が芸能界で会得《えとく》した生き残りの極意《ごくい》なのか⁉

「何やってんの……⁉」

その時だった。

騒《さわ》ぎ？　を聞きつけたのだろうか。

休憩《きゅうけい》時間中のはずの九条麻衣《くじょうまい》が、店頭に現れた。

「く、九条……」

「まったく。何やってんのよ」

腕組《うでぐ》みしつつ、嫌悪感《けんおかん》丸出しで嘆息《たんそく》してくる九条。

「しばらく監視《かんし》カメラで見てたけど。ほんと、あんた達、全然ダメじゃない！

さっきお客さんに聞いたんだけど、相手は『国民の槍』と呼ばれる伝説的勇者パーティ、【勇者】デインと【魔道士】ルシファー、そして【僧侶】ルミナリエの一味らしいわよ。あんた達レベルのコンビニ店員じゃ、危なっかしくて見てらんないわ」

不満げにいいつつ、オレと勇者達の間に陣取《じんど》るように立つ、九条。だが……。

「え？　何？　監視カメラって。お前、休憩中なのに、監視カメラ見て、オレ達見守ってくれてたの？」

オレは、困惑《こんわく》。

店長代理もコクコク頷く。

「しかも、しばらく見てたって。それ、完全に、ぎりぎりまで俺達に任せようって信頼《しんらい》見え隠《かく》れするじゃねーか……」

「は、はぅ!?」

その瞬間《しゅんかん》。

九条は、痛いところをつかれたように固まった。

そして――

「そ、そんなわけないでしょ!?　私は、ただ、あんた達が本部評価サゲるような愚行犯《ぐこうおか》さないか監視してただけよ！　変な誤解やめてよ⁉」

バラララララッ！　店内にあったペットボトルを流星群のように次々投げつけてくる九条！

オイィ、店の商品！　あとペットボトル一個一個のコントロールが何気にすげぇ！　よく怒り《いか》任せに投げてこの精度出せるな！

「見せてあげようか⁉　いまからあんたら全員のシフト表、勝手に改竄《かいざん》して週七勤務にしてて！　いかに私が恐《おそ》ろしい女か見せてあげようか⁉」

そして九条はテンパった表情ですごんでくるが、

「い、いや、いいです……」

オレ達は丁重《ていちょう》にお断りした。鬼《おに》成分演出するのにその手段、地味すぎるし。確かにやられた方、地味にいやだけど。

「と、とにかく。ザコは下がってて。私がなんとかするから」

そして、九条は、吐き捨てるようにいう。

「は、はぁ？　おい、大丈夫《だいじょうぶ》か⁉」

オレは若干《じゃっかん》不安になって聞くが、

「その質問がザコだっての。みせてあげる。本当に優秀《ゆうしゅう》なコンビニ店員の闘《たたか》い方ってものを……！」

そして凄《すご》みのある口調でいうと。

「イヤァァァァ！」

ダッ！　九条は、激昂《げっこう》して勇者パーティのほうへ走っていってしまった。

（何⁉　何だあの勢い！）

まさか、あのまま武力にでも訴えるつもりか⁉

オレは焦《あせ》ったが、焦った矢先。

九条が予想外の行動を採《と》り始めた。

「いらっしゃいませー！　ただいまの時間、『から揚《あ》げ貴族』、揚げたてでーす！　ただいまキャンペーン中で二〇Ｇオフでーす！」

「⁉」

その声に、オレと店長代理は目を見開く。

突《つ》っ込《こ》んだ九条が始めたのは――

いつのまに持ってきていたのか、うちのホットスナック、『から揚げ貴族』の、実物を持って、雑誌コーナーの前を練り歩く、というもの。

（何だそりゃ⁉）

武力行使じゃなくホッとしたが、しかし、オレは拍子抜《ひょうしぬ》けした。

立ち読み客の前を、『から揚げ貴族』を持ってうろつく？　そんなことしてもまったく意味が……

と思ったのだが。

「チィッ……」

「くっ……」

「そ、そんな……！」

驚愕《きょうがく》の光景。

その九条の意味不明な行動が、意外な効果をあげ始めた。

ガクッ。

クラッ。

ヨロッ。

九条が、雑誌コーナー近辺を歩き始めた瞬間。

件の、勇者、魔道士《まどうし》、僧侶《そうりょ》の三人が、まるで、魔王の波動にさらされでもしているように、その場で膝《ひざ》をつき出した。

え……ええ!?

き、効いてる!?

「フン……よくやったぜ、九条。どうだ、狼藉者《ろうぜき》どもが……！　我が店の牙《きば》、思い知ったか」

そんな三人を勝ち誇《ほこ》ったように見下ろしているのは、店長代理。

いや、ついさっきまであんた〝仰せのままに〟とかいってたよな!?

ちょっと弱ったらもう見放した!?

「何をした？　九条」

「フフン、知れたこと」

そんな店長代理の問いかけに、妙《みょう》にノリノリで応《こた》えたのは九条だ。

いや……なんでお前もそんな感じ？

「思った通りだったわ。この世界。〝冒険者《ぼうけん》〟って奴《やつ》らは、なんか基本貧乏《びんぼう》で、だいたいお腹《なか》すかしてる」

お客様に対し、めちゃくちゃ失礼な分析《ぶんせき》を投げかける九条。

「異世界人だろうが日本人だろうが、おなかがすけばただの動物。それは勿論《もちろん》勇者だろうと魔王だろうと例外はない。こうなれば立ち読みどころじゃないでしょ？

さぁ、レジへ来なさい、お腹をすかせた亡者《もうじゃ》たち。

什器《じゅうき》の中で、アツアツの『から揚げ貴族』（チリペッパー味）が、あんた達を待ってるんだから！」

魔王直属の女将軍みたいな勝ち誇った笑《え》みと共にいう九条麻衣。いや、たとえ勇者撃退《げきたい》できたとしても、接客面でマイナスにならないか、これ⁉

「くぅ……！」

しかし――まじで効果的だったらしく。その誘惑にますます苦しそうに顔を歪《ゆが》めているのが勇者パーティだ。そこまで？

「まずい……身体が動かん。手が……手が勝手に、雑誌を、棚《たな》に置こうとしおる……」

「そんな……悔《くや》しい。私達の……私達の立ち読みに対する想《おも》いは、この程度だったっていうの……⁉」

悔し涙《なみだ》すら浮《う》かべながら唇《くちびる》をかみ締《し》める、魔道士と僧侶。

いや……何故《なぜ》そこまで立ち読みに拘泥《こうでい》する……⁉　あんたら、冒険者ですよね？　別に立ち読みすることが最終目標じゃないですよね……⁉

「くっ……そ」

「ここ……まで、な……の」

そんなオレの突っ込みを無視して、ますますシリアスに、ますます悔しそうに雑誌を棚に置こうとする魔道士と僧侶。

まぁ、でも。オレはその光景を見て、やっと一安心する。

よかった。なんか、こんなノリですべてまるっと収まる感じは納得《なっとく》行かないけど。とにもかくにも、ようやくコイツらは立ち読みを終えるらしい。

(さ、じゃ、さっさとレジ行って。コイツらに『から揚げ貴族』売りつけて、お引き取りねがうかね)

オレは一安心しつつ、踵《きびす》を返しレジへ向かおうとする。

が——

その瞬間だった。

「バカヤロウ……諦《あきら》めるんじゃねぇ！　俺達は誰《だれ》だ？　『国民の槍《やり》』——勇者デイン一行だろう⁉　俺達の冒険は——ここから、始まるんだ！」

コンビニ中に響《ひび》き渡《わた》る勇者の咆哮《ほうこう》！

ゴウッ！

次の瞬間、勇者パーティを中心に、とてつもない爆風《ばくふう》が巻き起こった——！

ゴゴゴゴゴ……！

吹《ふ》き荒《あ》れる、闘気！

ようやくその闘気の渦《うず》が、一段落した瞬間、姿を現したのは――

「バカヤロウが……本気にさせやがって」

額に変な模様を浮かび上がらせ、さっきまで黒かった髪《かみ》を赤く逆立て。全身から、とてつもない量の赤いオーラを立ち上らせている、勇者デイン。

な、なんだ⁉　空気が一変した⁉

「デイン！　覚醒《かくせい》したのか⁉」

その瞬間、隣《となり》にいた魔道士が驚愕に目を見開きそう叫《さけ》んでいた。

「覚醒⁉」

コンビニで、何いってんだあのジジイ⁉

「ええ、覚醒――別名〝竜の怒り《ドラゴン・エクスプロージョン》〟」

オレの言葉に答えてくれたのは僧侶の少女。あ、聞いたら教えてくれるんだ？

「デインには、半分、古代天竜《てんりゅう》族の血が流れている。仲間が危機に瀕《ひん》した時。もしくは、その怒りが頂点に達した時。彼はその怒りを糧《かて》に力を覚醒させるッ……！」

死ぬほど真剣《しんけん》な顔でいってのける僧侶さん。

仲間が危機に瀕した時。

もしくは、その怒りが頂点に達した時。

いや……確かにさっき、その二大条件兼《か》ね備えてたくさいけど。

ここ、コンビニで、あんたらが守ろうとしてんの立ち読みって行為《こうい》ですよね⁉

その程度で覚醒するって、覚醒の条件若干《じゃっかん》ユルくないですか⁉

「ああなったら奴は手がつけられんぞ」

畏《おそ》れのまじった声でいう魔道士。

「ええ。恐らくここは地獄《じごく》と化す。この店にある雑誌という雑誌、コミックというコミック、すべて彼に読みつくされるでしょう……」

目頭《めがしら》を押さえるようにしながらいう僧侶。あ……地獄ってそういうこと？

「そんな……なんてパワー。これが……〝竜の怒り《ドラゴン・エクスプロージョン》〟」

怖《おそ》れと悔しさの入り交じった複雑そうな表情で後ずさる九条。

いや、お前〝竜の怒り《ドラゴン・エクスプロージョン》〟なんか知らないだろ⁉　さっき知った情報だろ！

だいたい、パワーなんかお前にわかんの？　お前ただの女子高生だろ？

「透」

その時、店長代理がオレに声をかけてきた。

「な、何すか」

ちょっと不安になりながら、オレ。

「もう何もかも手遅《ておく》れだ。俺達が間違《まちが》ってた。この世には、絶対怒《おこ》らせちゃいけない相手がいる……それが、勇者デイン一行だったんだ」

「いや、空気に呑《の》まれないで下さい！」

ほんと、崇拝《すうはい》対象ころころ変えていくな、この人⁉

「確かに相手勇者ですけど、やってること……ただの立ち読みですよ⁉　正当性絶対こっちのほうがあるでしょ⁉」

「け、けど、頼《たの》みの綱《つな》の九条もあれなんだ。ここにいるのはB級戦闘《せんとう》員の俺とお前。事態を解決できるとは――」

「誰がB級戦闘員です？　誰が。つか、戦闘員って何ですか⁉　オレ達コンビニ店員ですよ⁉」

なんなんだ⁉　いつのまにか、異世界のノリに侵食《しんしょく》され、コンビニ店員側のノリまでおかしくなってきてる！

まずい、このままでは、店が崩壊《ほうかい》する！

「さて――」

そして、終局が訪《おとず》れた。

「では、本気になっちまったところで。読ませてもらおうか。次は、毎週月曜に出る、この漫画《まんが》雑誌だ。好きなものは最後にとっておく派の俺は、最後にとっておいたんだ。なんせこの雑誌には、今、冒険者業界でも話題沸騰《ふっとう》のハンター漫画が掲載《けいさい》されているからな」

笑顔で、毎週月曜発売の雑誌を手に取る勇者。

「あ………」

しかし。その時。

本当に。

本当に、無意識のうちに。オレは、こんな言葉を漏《も》らしてしまった。

「その漫画、今週、休載《きゅうさい》です……」

狙《ねら》いも、悪意も、何もなかった。オレは、本当に、つい事実を告げてしまっただけだ。

だからこそ、である。

……誰が、こんな惨劇《さんげき》を予測できただろうか。

「きゅう……さい？」

黄泉《よみ》の国から聞こえてきたようなか細い声。

次の瞬間《しゅんかん》。

ブシャーッ！

〝覚醒〟状態の勇者デインの額から、ありえない量の血が放出された。

「え…………ええええ⁉　お客様⁉」

「バ、バカな……　〝怒り殺し《ドラゴン・ジェノサイド》〟ですって⁉」

驚愕《きょうがく》の声を僧侶《そうりょ》があげた。〝怒り殺し《ドラゴン・ジェノサイド》〟⁉　また何か変な単語出てきたー！

「〝竜の怒り《ドラゴン・エクスプロージョン》〟状態の勇者に、二五五以上の精神ダメージを与《あた》えた場合にのみ起こせる、奇跡《きせき》の現象。これを起こせば、三年は鎮《しず》まらないといわれている〝覚醒〟状態を無理やり解くことが出来るッ……！」

苦々しそうな顔でいってくるのは魔道士。

って、三年⁉　これ起こらなかったら、じゃあ、三年もあの勇者、ここで覚醒状態で立ち読みしてたのか⁉

「しかし、ありえん……　〝覚醒〟者は物理・魔法・精神、すべての防御《ぼうぎょ》力が数十倍にハネあがる。それこそ、古《いにしえ》の強者《きょうしゃ》、古代竜《ディクシオン》のように。その者に一撃《いちげき》を与えられるのは、千年に一度、太陽と月の狭間《はざま》より生まれる、狩人《かりゅうど》の剣《けん》を持つ〝運命の子〟だけのハズじゃが……！」

困惑《こんわく》したようにいう魔道士。

なんか凄《すご》いスケールの話になってきた！　一撃とか与えるつもりなかったし！　全部偶《ぐう》

然《ぜん》なのに⁉

「透……まさか、お前、お前こそが、ヨハネの福音書にのってる伝説の……！」

そんな中、空気に呑まれまくってる店長代理がもうピヨリすぎてわけのわからないことをいってきてるが、いや、大丈夫《だいじょうぶ》かこの人⁉　仮にも年上なんだよな⁉

「ていうか！　ご自慢《じまん》の回復呪文《じゅもん》かけなくていいんですか⁉」

オレは勇者パーティの魔道士と僧侶に掛《か》け合う。

「いかに勇者といえど致死《ちし》量、額から出血してるっぽいですけど⁉」

「それは……無理じゃ……」

「ええ。私達は、この二時間、回復呪文を使いすぎた……もうＭＰがたったの〝一〟もないの」

涙を浮かべながらいう、魔道士と僧侶。あぁもうどこまでＭＰの使いどころ間違えてるんだこのパーティの魔法担当！

「じゃ、じゃあ、とにかく、事務所に運びましょう」

オレはいう。

「ちょうど、そろそろ、うちで唯一《ゆいいつ》医療《いりょう》の心得がある女のシフトが——」

とオレがこぼした、その瞬間だった。

ガァッ。店の自動扉《とびら》が開き、その女性が入ってきた。

「白雪《しらゆき》！」

オレは歓声《かんせい》をあげる。入ってきたのは、白い髪の小柄《こがら》な少女——うちの店の最年少キャラ、白雪塔子《とうこ》。

「な、なんですかぁ？」

いきなり大歓迎《かんげい》されて、若干、後ずさる白雪。

「出番だ！　家が大病院だってアドバンテージ、今こそ見せてやれ！」

「は、はいぃ⁉」

白雪の、困惑しきった声が店内に響き渡った。

※

「もう……これっきりですからね⁉」

そして一〇分後——

ぷんぷんと頬《ほお》を膨《ふく》らませながら、救急箱を閉じ、事務所から立ち去りつつ白雪がいった。

「塔子、家が大病院だからって。医療系の心得は、幾《いく》つか資格持ってて、あと、二、三回、命を救う為《ため》、野外でやむをえず執刀《しっとう》行ったくらいで、基本的には無免許《むめんきょ》なんですから！」

バサッ、とコンビニの制服を肩《かた》にかけながら去っていく白雪は、なんか、ブラックジャックを髣髴《ほうふつ》とさせる格好良さだった。うん……てか、執刀、二、三回、やったことあるんだ……まじ何者なんだ、アイツは。

ほんと、なんでコンビニでバイトしてるんだ……アイツ。

「う、うぅぅん……」

そして、そんな、白雪が立ち去った直後。

額に包帯を巻き、床《ゆか》に横倒《よこだお》しになっていた勇者が、苦しげに目を覚ました。

「お客様！」

「おっ、ここは……⁉」

まだ意識がはっきりしない様子だが、身体《からだ》を起こしながらいう勇者。

「う、うちの店の事務所です。あ、まだ、無理しないほうが。なんかすんごい出血されてたみたいですし……」

「ん？　あぁ、それなら、大丈夫だ。あと三秒もすりゃ……」

ほれっ」

いいながら、いきなり包帯をとる勇者。

すると。スッ――たった今まで、剣でも刺《さ》さったようにつぶれた菱型《ひしがた》状に空いていたはずの出血痕《あと》が、まるで手品のようにそこから綺麗《きれい》さっぱりなくなっていた。

「消えた⁉」

「ああ、勇者は自己治癒《ちゆ》力高《たけ》ぇから。死なない限り、たいていの怪我《けが》は七分くれぇで完治するんだ。勿論《もちろん》、前より強化された状態でな」

「どんだけ悪魔的強さなんですか……」

なんだその少年漫画の主人公的特性。こんなヤツとリアルに戦わなくちゃいけないこの世界の魔王に同情するわ……！

「デイン！」

その時だった。事務所の外で待っていた、魔道士ルシファーと、僧侶ルミナリエが中に入り、勇者に駆《か》け寄った。

「おう、待たせたな」

「もう……心配させないでよ、ばか！」

「やれやれ。まったく。お前さんといると退屈《たいくつ》せんわい」

なんか大団円な感じで抱《だ》き合う勇者、魔道士、僧侶——うぅ、残念だ……ここが……ここがコンビニの事務所じゃなけりゃ、もうちょい感動できただろうに……。

「しかし完敗だな……」

「ええ」

「まったくじゃ」

三人は苦笑《くしょう》している。

「まさか、こうまでコテンパンにのされるとは……」

「ええ。貴方《あなた》は瀕死《ひんし》状態。私達はＭＰがゼロ」

「しかも敵は狩人の剣を持つ『運命の子』。これほどの敗北、一体、いつ以来じゃったか……」

ん？

え？

なんだこの流れ、と思っていると、

「もう一度……やり直しだな。ここ……デモン・イレブンで」

勇者デインは、まさかの結論を出した。ハァ⁉

「ええ。これほどの激闘《げきとう》を体験できるなんて、ここは修練にぴったり」

「そうじゃのう。最低でも、二〇……いや、三〇時間は連続で立ち読みできるようにならんと。魔王になど勝てるはずがないわい」

照れくさそうにいいあっている勇者パーティ。

いや！

いやいや！

ここ、コンビニで、レベル上げスポットじゃないから！

「よろしくな、『運命の子』」

ウインクしながら片手を差し出してくる勇者。

オレは全力で叫《さけ》んだ。

「だから運命の子じゃないですから！　オレただのコンビニ店員なんですって！」

異世界コンビニ、デモン・イレブン。

こんな個性豊かな異世界人が今後もいっぱい来るんなら。

Sランクへの道はまだまだ遠そうである……！

デモン・イレブン
オススメ商品 vol.2

漫画
週刊誌各誌

コンビニの窓側に配置されている、コンビニ主力商品の一つ。立ち読みを巡る攻防は全国場所を問わず行われている。

異世界人の声

好きな漫画？　んー、基本はやっぱスポーツ系がメインかの？　ロードバイク、野球、サッカーものなんかはもれなく好きじゃ。
ただのう、最近、バスケ漫画手薄じゃね……？　このままじゃ漫画業界全体が縮小していかんか心配でのう……。というわけで、とりあえずバスケ漫画のネーム31ｐ起こしてみたんじゃが、意見もらってええか？

店内にいた勇者パーティーの一人

シフトⅢ　嘆息魔王《たんそくまおう》の到来《とうらい》

「くっ…………！」

「ぐぅ……！」

勇者の立ち読み騒動《そうどう》が解決したその数日後。

Sランクに向かって（前に進んでるかどうかはともかく）ひた走らなければならないデモン・イレブンは、また新たな騒動に巻き込まれた。

夜一一時過ぎ。

この世界は、どちらかというと昼型の人間が多い為、割と閑散《かんさん》とした店内。

オレと店長代理は、店内に吹《ふ》き荒《あ》れる正真正銘《しょうしんしょうめい》の〝負のオーラ〟で、レジに立っている、い、い、ことすら困難な状態になっていた。

「透《とおる》……どうなってんだこれぇぇぇ！」

ゴォォォォ！

台風をやり過ごそうとするレポーターのように、レジカウンターの中にしゃがみこんでいる店長代理が、横で同じく丸まってる俺に必死に叫んできた。

「し、知りませんよ！　さっきから、突然《とつぜん》、店内に暴風雨が――

ん⁉」

暴風雨の中、オレは、ふと気づく。

閑散としていて、客がいないと思っていた店内に――

一人、客が立っている？

「店長代理！　誰《だれ》かいます！」

「何ぃ⁉」

およそコンビニ店内でかわされてるとは思えない会話をかわすオレ達。

「どこだよ⁉」

「あ、あそこです！　ほら……米飯とか惣菜《そうざい》コーナーのところ！　くっ、何か……風の中心みたいな場所に、赤い髪《かみ》の女の人が……！」

手で風を遮《さえぎ》りながら、目をこらすオレ。

すると――今度は、さっきよりよく見えた。

風ではためく背中に羽織ってるマントには、赤い文字で〝魔王ベアトリーチェココニ有リ〟とかなんとか書いてある……！

「魔王です！　店長代理、魔王さんがご来店されているらしいです！」

「何ぃぃ⁉　勇者の次は魔王かよ⁉　てことは、このわけわからん暴風雨は魔王のせいか⁉」

「わ、わかりません……ちょっと見てきます！」

これもコンビニバイトの勤めだ。

オレはカウンターを乗り越《こ》え、反対側に居る魔王に向かっていく。

「透！　気をつけろ！」

「わかってます！」

風に向かって突《つ》き進むオレ。

すると。近づくにつれ。風のむこうから、なにやら、ブツブツ呟《つぶや》いている声が、聞こえた。

「いやー……今日の私の誕生日パーティ。まさか四天王全員欠席とは思わなかったなー」

その女は、なにやら、そんなことをいっていた。

何だ⁉　何いってんだ⁉

「まぁ……仕方ないよな。ベリアルはお母さん上京してくるらしいし。ギルガインもお母さん上京。レッセはお母さん上京。ロイズもお母さん上京……？　あれ？　なんか断りの理由、お母さん上京ばっかりだな。そんな偶然《ぐうぜん》もあるもんなんだなー」

ハァ。嘆息《たんそく》する魔王。

するとその瞬間《しゅんかん》。ゴッ！　魔王を中心に、店内にひときわ強い黒く重い風が吹き荒れた。

この風……魔王の溜息《ためいき》だったのか！

「店長代理！」

オレは一回とって返し、店長代理に報告する。

「な、なんだ？　どうだ？」

「犯人あの人です。なんか、部下の四天王に自分の誕生日パーティ、バックレられて（しかも断りの理由、たぶん全員嘘《うそ》）。その陰気《いんき》な溜息が、店内に充満《じゅうまん》してるらしいです！」

オレは、ちらりともう一度視線を魔王に向ける。

すると、

「ん？　なんだ、ご飯があるのか。いいぞいいぞ。これで他のおかずが全《すべ》て立ち上がってくる」

今度は、向こうから、暗い笑顔《えがお》でブツブツいいながら棚《たな》を物色している声が聞こえた。

「ほう……うずらの卵か。シブいな。

そうそう、これですよ！　コンビーフ！　となると何かデザートもほしいな。ふふ……

ちょっとした夜中の定食コースだぞ」

「店長代理」

「なんだよ」

「お客様が。自分主催《しゅさい》の誕生日パーティ、四天王全員に断られた結果。今度は、深夜のコンビニで、孤独《こどく》……なグルメ、みたいなことしてなんとか気を紛《まぎ》らわせようとしてます！」

「寂《さび》しすぎるだろう、魔王⁉」

店長代理が天を仰《あお》いだ。

「透！　なんとかしてこい！」

「オ、オレですか⁉」

「当たり前だろ！　こんな暴風雨吹き荒れる店、客来ると思うか⁉　変な噂《うわさ》流れて今後売り上げ下がりまくったらどうする⁉」

「いや、そうじゃなくて、店長代理がいけば……」

「だから俺コンビニ店員じゃねぇっつってんだろ⁉」

「まだそこ抵抗《ていこう》しますか！」

ま、まぁ、本人がそういうなら仕方ない。人気声優のプライドがそうさせるのだろう。

とりあえず。この問題はオレが解決してみよう。

というわけで、オレの孤独な戦いが始まった。


（え〜〜と）

作戦を練る。

この風。原因は、魔王が落ち込んでることが原因なんだよな？

じゃあ、あの人が、嬉《うれ》しくなるようなことをすればいいってことだ……コンビニ店員に出来る範囲《はんい》で……！

（ん！）

と、その時。ある一点で、オレの視線が定まった。

視線の先、そこにあったのは、風にも健気《けなげ》に耐《た》えている、から揚《あ》げ貴族や、さといもコロッケなんかが入っている、ホットスナックの什器《じゅうき》――

（こ、これだ！）

オレは気づき、そこに手を突《つ》っ込《こ》むと。

そこから、から揚げ貴族（たこやき味）と、さといもコロッケを取り出し、そのまま風の中心――魔王に駆《か》け寄った。

「お、お客様！」

そして、オレは、風を抜《ぬ》け、落ち込んでいた魔王にお声掛《が》けする。

「ハァ…………。ん？　なんだお前は？　私は今、なんだかとても冴《さ》えない気分なんだ」

魔王が気づき、こっちを向いた。

「だから、お前が話す内容如何《いかん》によっては、この辺一帯ごと吹き飛ばしてしまうかもしれないけれど。

それでも私に話しかけるか？」

それに対し、魔王は、嘆息しながらいってくるのだった。

ぐうっ……!?　なんて会話ハードルの高いお客さんだ……！

け、けど、この程度でビビってたら、コンビニ店員なんて勤《つと》まらない！

「は、はい……話しかけます！」

後ろで、店長代理がさかんに話しかけるな！　と手でバッテンをつくってるのが見えたが、無視して俺は話しかけた。

「はぁ。あっそ。で……？　私に何の用だ」

ゴォォォ。風を強めながらいう魔王。

「こ、これです」

オレは、魔王に、さっき持ってきたホットスナックを差し出した。

「？　なんだこれは……？」

ゴミを見るようにいってくる、魔王。うぅ……。やば、なんか、だんだんオレも中止したくなってきた。

「こ、これは……。賞味期限切れの商品です。ホットスナック、夜は、ある一定の時間過ぎたら、什器に入ってる商品全部廃棄《はいき》して、そのまま朝まで電源落としちゃうんです」

「だから何だよ……」

「だから……サービスです。

お客さん、疲《つか》れてるみたいだし。よかったら、家で食べてくれませんか？」

コンビニ店員として、基本的にはNGとされる行為《こうい》だけど、日本に居た時は、〝先輩《せんぱい》〟なんかはけっこうやってたって聞いたことがある。

なので、オレも、ドキドキしつつだが、魔王に対して行ってみる。

が。

「……ヤダ」

魔王からの返事は。なんか可愛《かわい》いといえないこともない、どこか、子供がすねたような返事だった。

え、えぇ!?

「な、なんです……?」

「だって………」

魔王は暗い表情になり。

「お前。

どうせ。私が魔王だから。私に取り入りたくてそんなことしてるんだろ?」

ゴウッ!!

さっきまで以上の暴風溜息をつきながら、絶望したような表情で魔王はいう。

え、えぇ!? なんだその思考!?

どんだけネガティブなんだ!?

くっ……!?

「で? どこが欲《ほ》しい? 嘆《なげ》きの山か? 血だまりの洞窟《どうくつ》か? それとも魔王の座? まあなんでもいいさ……。なんだったら魔王の座だってお前にくれてやったって……」

そしてさらに魔王がネガティブなことをいうので、

「ち……違《ちが》います!」

さすがに腹がたって。オレはさっきのホットスナックを無理やり魔王に握《にぎ》らせて、力のままに叫《さけ》んだ。

「え…………」

そこで、びっくりしたように固まる、魔王。

「違います！　オレ……ただ。お客さん元気になって欲しいんです！　領地も地位も何もいりません！　オレ、ただ、お客さんに笑って欲しかったんです！」

お客さんにこんな叫ぶとかまず確実にマイナス行為なのはわかってるんだけど。

オレは気づいたら、我慢《がまん》できずそんな気持ちをぶつけていた。

「そんなネガティブ思考でもいいことありませんよ……。ネガティブが、またネガティブな結果呼んで、その結果またネガティブになって、どんどん落ち込んでいくだけですって」

なんか、どこまでもネガティブな魔王みて、ちょっとムキになってオレはいう。

昔。九条《くじょう》や勇気《ゆうき》とコンビニに行ってた時代。オレも、似たようなとこあったからかな
……？

「だから……何もいりませんから……これ受け取ってください！　いらなかったら、捨ててもらってかまいませんから。取り入る気は本当にありません。魔王軍なんかオレに勤まるわけないですもん」

感情任せに、猛然《もうぜん》というオレ。

が、

「…………」

魔王は――そんなオレの言葉を、ホットスナックを握らされたまま、黙《だま》って聞いていたが、

「は……離《はな》せよ」

そこで。ふと。なんか、ボソボソした声で、オレに向かっていってきた。

(あ……!)

そこで、オレは我に返る。

やべ……。魔王にホットスナック握らせる為《ため》。なんか若干《じゃっかん》手握ってる変態店員みたいになってる、オレ……!

「も、申し訳ございません……!」

ホットスナックを魔王の手の中に残し、慌《あわ》てて後ずさるオレ。

しまった……! 問題解決しようとして。さらに問題大きくしてしまったか……!? なんでオレってこうなんだ、バイトリーダーなのに、オレは、いつも……!

と、頭を抱《かか》えるオレだったが、

「お、お前……いいヤツ、だな」

すると……そんな、戦々恐々《せんせんきょうきょう》とした時間の中でだった。

事態が、ここから、さらにややこしくなる……!

※

「……え？」

一瞬《いっしゅん》、聞き取れなかった、オレ。

「い、今、なんと？」

「お前………いいヤツだな。そういったんだ」

俯《うつむ》いたまま、表情は見えないが、なんか照れてるのが分かる気配でいってくる、魔王。

あ……れ……？

オレはなんか妙《みょう》な違和《いわ》感を覚える。

そこで、オレは、ふと気づく。

(風が……止《や》んでる……⁉)

「あ、あ、いやぁ……。そ、そうでもないですよ？」

とりあえずオレは否定しとくが、

「お前……名は？」

魔王は、おかまいなしに、聞いてきた。

「え？　あ、あぁ……も、申し遅《おく》れましたお客様。オレは……反馬《はんま》透といいます」

「そ、そうか。トール・ハンマーか……高い攻撃《こうげき》力を感じさせる良い名だ……」

ポッ。頬《ほお》を赤らめながらいってくる魔王。
ト、トール・ハンマー！……!?　た、確かに、小学生くらいの時は、何回かそんな風に呼ばれた気もするけど。さすがに高校生になってからは初めてそんな風に呼ばれた！
「トールは……既婚《きこん》者か？」

そして、魔王は、わけのわからないことを聞いてくる。うっ……!?

なんだ、この流れ……？

「え？　い、いやぁ……残念ながら独身です。それが、何か？」

必死で営業スマイル浮《う》かべつつ、聞くオレ。

「い、いや、別に。ただ、まぁ………じゃあ、結婚したら。

私は、ベアトリーチェ・ハンマーになるんだな」

さらに頬を赤らめながらいう、魔王。

「いや……お客様、おっしゃってる意味が……！」

呆然《ぼうぜん》と、オレ。

「意味？　もう、ばか……最後までいわせるなよ。キャッ」

全品
100円

魔王はグリグリ人差し指でオレの肩《かた》を押し、

「い、いや、キャッ、でなくて！」

「結婚しよう。トールハンマー」

そして。

何か照れながら、オレに、求婚してくるのだった。

な…………

何ぃぃぃぃぃ!?

「お、お客様！　店内でのご冗談《じょうだん》はおやめ下さい!?」

オレは全力全開で叫んだ！

「冗談？　これが冗談をいっている顔に見えるか？　惚《ほ》れた。完全に惚れたんだ、トール、お前に」

魔王《まおう》は、熱に浮かされたような顔でいい、

「お前みたいな奴《やつ》は初めてだ……。土地も、名誉《めいよ》も不要。魔王たる私に堂々と説教し、あまつさえ、このような素晴《すば》らしいものを私に手渡《てわた》すとは……

お前ほどのいい男、因果地平どこまでいっても決して見つかりはしまい！」

カッ！　店外に雷《かみなり》をほとばしらせながらいう魔王。

「い、いえ、います。オレ、むしろ日本で最大公約数占《し》めるくらい存在する、一番ありきたりな高校生男子です！　ラノベの主人公かってくらい。だいたい……会ってまだ……一分くらいですよ!?」

オレは全力抗議《こうぎ》するが、

「恋《こい》に時間は関係ない。お前はそれだけのことをしてしまった……フッ」

照れながら、魔王。

「は、廃棄商品お渡《わた》ししただけです！」

「ハハ。我ら魔族は、腐《くさ》りかけを一番好むから、廃棄寸前を渡してくれたんだろ？　そんな優《やさ》しいトールが私は昔から好きだ」

「昔から!?　完全に買い被《かぶ》ってるし、なんか設定が改竄《かいざん》され始めてる……!?」

オレは絶句した。この魔王。死ぬほどネガティブだけど、思い込んだら一直線なタイプ!?　たぶん、一番、指揮官とか向いてないタイプ！

「安心しろ、トール。披露宴《ひろうえん》は魔王軍全魔族を投入し、盛大《せいだい》なものにするから」

そして魔王は照れつつも、うっとりした顔でどんどん話を勝手に進めていく。

そ、そんな馬鹿《ばか》な……！

オレは、余りにもな急展開にめまいを起こす。

やばい。深夜のコンビニって、確かに中々エキセントリックな人くるけど。

この人はその中でも過去最高レベルにエキセントリックだ……！

「て、店長代理……！」

とりあえず、オレは振《ふ》り返って助けを求める。が。

「ワリ……透。俺、事務所的に、女性問題だけは口出すなっていわれてんだよ」

店長代理はどこまでも非情だった。

「冷たすぎるでしょ⁉」

「いや、だってよなんかまかり間違った形で週刊誌とかにリークされたらやべぇだろ？

まぁ、ちょっと待て。なんとか、事務所に連絡《れんらく》とって、口出ししていいかどうか確認《かくにん》して
みてやるから」

「間に合いませんよ！」

オレは失意のうちに叫んだ。

何だこれ……

段々実感が沸《わ》いてくる。

オレ、結婚するのか……⁉

この世に生を享《う》けて一五年。彼女いない歴一五年。

いきなり異世界で、コンビニ内にて魔王から逆プロポーズされ、結婚……！

いやそりゃ勿論《もちろん》……オレなんか、結婚したいっていってくれる人が居るだけ、ありがたがらなきゃいけない立場なのはわかってるんだけど。

でももうちょっと、まともな恋愛《れんあい》してみたかった……！

告白するかどうか悩《なや》んだり。何回もラブレター書き直したり。それでようやく告白して恋成就《じょうじゅ》させたり……！

けど、オレのそんなささやかな願いは、ここで潰《つい》えるらしい。くそう、こんなことなら、もっと早くちゃんと恋愛しとけばよかった……。

が——その時だった。

「ハァ、ハァ、ハァ……！　や、やれやれ！　何やってんのよ、このクソ男子どもわ⁉」

店内奥から、ぜぇぜぇいいながらな、女の声。

「にゃはは！　なんか面白《おもしろ》いことになってんなー透」

そして、死ぬほど楽しそうな、そんな声。

「もしやと思ってきてみたら。まったく手がかかるわね！」

現れたのは、既《すで》に勤務を終えているので、私服。黒いTシャツにスパッツという、カジュアルな衣服に身を包んでいる女子、九条麻衣《まい》。

そして、その従姉妹《いとこ》。

野宮《のみや》勇気だった。

※

「く、九条……それに……勇気もっ……!?　なんで？」

まさかの登場人物達の登場に、思わずきょとんとなる、オレ。

「お前ら、今の時間はもう、〝部屋〟に居るはずじゃ……」

部屋というのは、店の中に存在する、オレ達の居住空間。

そういえば、今までいってなかったが。勤務時間以外。

オレ達は、このコンビニに存在する、ちょっと不思議な、マンションの一室のような場所に住んでいる。

だいたいの人は、想像つくと思うんだけど……

コンビニには、店内奥に、事務所があったり簡単な更衣《こうい》スペースがあったり飲料等のストック場所がある。

うちの場合。さらにその奥に、日本時代、ゴミ捨て場がある屋外へ繋《つな》がってた扉《とびら》と、裏口に繋がっていた扉があったんだけど。

異世界転移以降、どこでどう空間が捩《ねじ》れたのか。何故《なぜ》か、その扉が、それぞれ見知らぬマンションの一室に繋がる扉になっていたのだ。

最初こそ、ちょっと気味悪くて抵抗《ていこう》あったけど、背に腹代えられないし。

オレ達はもう、そこに普通《ふつう》に住んでいる。

せっかく異世界来たのに、職場＝コンビニ、住まい＝マンションって、かつて、これほど異世界ファンタジーの醍醐味《だいごみ》味わってない異世界召喚《しょうかん》ものあっただろうか……？

「いやー、さっき二人でちょっと飲み物買いにきたんだけどよ。そしたら二人のやり取り聞こえてさ。麻衣が大慌《おおあわ》てで割って入ろうっていうんだよ」

嬉《うれ》しそうにいってきたのは、勇気だ。

「はぁぁぁ!?」

その瞬間《しゅんかん》。

いつも通り九条が鬼《おに》のような形相でそれを否定する。

「何いってんの!?　わ、私は店の評価の心配してただけよ！　店員とお客さんの不純異性交遊は確実に査定ダウンでしょ!?　勘違《かんちが》いしないで！　私に慈悲《じひ》の心はないっていってるでしょ!?」

苛々《いらいら》した口調でいってくる九条。

ま、まぁよくわかんないけど。

それでも出てきてくれたことはありがたかった。

オレはこのままじゃ絶体絶命だったし……。

「そうかなぁ？　あたしには、しっかり慌《あわ》ててるように見受けられたけどなぁ」

のんきな口調で勇気はいっている。

「う、うっさい！　ばかユーキ！　あんたは昔から一言余計なのよ⁉」

「な、なんだお前達は……⁉」

そんな、突然《とつぜん》出てきた女子二人に、魔王は、何か警戒《けいかい》するように聞いた。

「あのねぇ、私達は……」

「まぁまぁ」

前に出ようとした九条を止めたのは、勇気。

「アタシに任せとけって。アタシ、昔から、こういう状況《じょうきょう》には慣れてっからさ。透も見とけ？」

そしてそういうと。

勇気は、いつも通り、太陽のような笑顔《えがお》のまま、

「どうもっ」

カルく魔王に挨拶《あいさつ》。

そして。

「あんた、透のこと好きなの？」

気楽な笑顔で、超《ちょう》単刀直入に魔王にそう聞いた。

お、おおお、おい⁉

「す、好きというか……ヨメだ」

ポッと頰《ほお》を赤らめながらいってくる、魔王。

いや、あの、オレまだそれ認めたつもりないんですけど⁉

「そーかそーか。うんうん、まぁ、気持ちわかるぜ？　透は優しいしな。アタシも昔は、透のこと好きな時期もあったし」

笑顔でさらりといってくる勇気。

「…………。」

え？」

軽く放たれたまさかの発言に、オレ、九条は硬直《こうちょく》する。

「けど、諦《あきら》めた。透には、心に秘《ひ》めた相手がいたしな！」

にっこり笑っていう、勇気。

ん?

へ?

なんだこの流れ?

「それが、こいつ。幼少の頃《ころ》より透と同じ団地《一つ屋根》の下で暮らし、今なおその暮らしを継続《けいぞく》してる——九条麻衣だ」

笑顔でいう勇気。

「「はあ!?」」

オレ達は同時に叫《さけ》んだ。

(ど、どど、どういうつもりよ、ユーキ!)

(そ、そうだよ。オレらにそんなバックストーリーあったっけ!?)

二人して詰《つ》め寄るが、

(まぁまぁ)

勇気は、そんなオレ達を軽くあしらい、

「つーわけで。魔王《まおう》サン。残念ながら、今さらアンタの出る幕はなしなんだ。二人はもう、許婚《いいなずけ》同士みたいなもんなんだからサ!」

笑顔でいってのける野宮。

（あ、あぁ〜〜……）

そこまで聞いて。オレと九条は、ようやく、事情を飲み込んだ。

これ、あれか。

要するに。ラブコメまんがとかによくある。

実際はそんなことないけど、オレと九条が恋愛関係？　的なものにあるという設定にして、この場から魔王を退散させようってヤツか？

（な、なんだ、そういうこと……？　じゃあ、ユーキ、あんたが昔透のこと好きだったっていうのも……）

どことなくホッとしたようにいう、九条。

（にゃはは！　そんなんウソにきまってんじゃねーか！　アタシが好きなのは透のツッコミのセンスだけさ！）

会心の笑みと共にいってくる、野宮。いや、わかってたけど……！　そうはっきりウソって断言されると、それはそれでなんか悲しい！　しかもオレ、ツッコミのセンスなんかないんですけど……。

（で？　どーなんだよ？　その設定でいけそーか？）

目で聞いてくる勇気。

（フ、フ、フザけんじゃないわよ……！　何で私が反馬なんかと!?）
が、九条は即座《そくざ》にそう吐《は》き捨てる。
ま、まぁ、やっぱそうだよな。
（にゃは。じゃあ……魔王と透は結婚《けっこん》していいってことだなー？）
が。勇気が気楽にいうと、
（はぁ!?　も、もう……今回だけなんだからね!?）
次の瞬間。
九条は意外にあっさり協力を申し出てくれた。
あれー!?　やってくれんの!?　女ってほんとよくわからない！
（し……仕方ないわね。このままただでさえ少ない店員が減るのも困るし。
ああ、もう、ほんと世話やけるわ……。このクソバイトリーダーは！）
フン、と九条。
よ、よくわからん……よくわからんけどありがたい……！
というわけで、最終ミッション。
オレと九条は、魔王に〝偽《いつわ》り〟の恋愛関係を説明した……！

「そ………そうか………」

話を聞いた魔王は、ガックリ肩《かた》を落とす。

「残念だ。さっき、マイが、いきなり私の前でペットボトルをトールに投げつけた時は、何事かと思ったが……そうか。透は、こういう女子がよかったのか……」

ハァア。溜息《ためいき》をつきながらいう、魔王。

ちなみに、その〝ペットボトルを投げつける〟というくだりは。

いざ、魔王に話そうとなって、オレが、九条と〝付き合ってる〟といった時、突然九条からペットボトルが飛んできて、顔面に突《つ》き刺《さ》さった、そういう話である。

こいつ……協力するといっておきながら、全然協力的じゃないじゃないか!?

ペットボトルが突き刺さった額をさすりながら、オレ。

まぁでも。おかげで、一応、なんとか、魔王に結婚を思いとどまらせることはできたようだった。

「まぁ、それはそうだろうな……。私なんか、将来、未来永劫《みらいえいごう》、彼氏なんて出来るわけがないよな……」

そして。事態は終息したものの。

ハァァ。重い溜息をつく魔王。

またネガティブなこといってる……。

「………。そんなことないと思うけどね？」

が、九条が、その魔王を見ながら、いった。

「にゃは。そうだな」

さらに、勇気も頷《うなず》いた。

「そのガッツと、一途《いちず》さと、生真面目《きまじめ》さがあれば、きっと将来、すんごい大物がかかると思うぜー？　それに。恋愛《れんあい》だけじゃなく。部下にも案外、慕《した》われたりするんじゃねーのー？」

笑顔でいう、勇気。なんだ？　女子陣《じん》、この魔王の変なベクトルでのパワフルさ、意外に評価してるのか……？

「まさか」

しかし、魔王は自嘲《じちょう》気味に笑う。

「いわなかったか？　今日、私は誕生日だったんだぞ？　なのに部下にパーティをスッポカされて。そんな私のどこに、慕われてる要素が……」

床《ゆか》を見つめながら、半笑いでいおうとする、魔王。

しかし――そんな時だった。

ピンポーン。

入店音と共に。

「いやー、しかし、今日は魔王様に悪いことしちゃったなー」

そんなことを爽《さわ》やかに談笑《だんしょう》する、四人の異世界人達が店内に入ってきた――。


「あ……？」

「い、いらっしゃいませー？」

慌てて反応するオレ達。

あれ？

しかし、オレ達は、そこで気づく。

今、この人達。〝魔王〟とかいってなかったか？

「お……お前たち……!?」

その時。

魔王が、予想外の声をあげた。ん？　何だ何だ？

「ベリアル？　ギルガイン？　レッセに……ロイズも!?　お前達、今日はお母さんが上京してきたんじゃないのか⁉」

入り口の方を見ながら、困惑《こんわく》気味に叫ぶ魔王。

(は、はぁっ⁉)

オレ達は声なき声で叫んだ。

ベリアル、ギルガイン、レッセ、ロイズ⁉

ってことは……こいつらが……例の四天王⁉

コイツら……パーティ拒否《きょひ》したクセに、こんなとこで何やってんだ⁉

「あ⁉　ま、魔王様⁉」

そして、この遭遇《そうぐう》は、その連中にとっても予想外だったらしい。四人の中で先頭に立っていた、やわらかい金髪《きんぱつ》の、天使のような愛らしい外見の少年が、魔王の姿を見てちょっと困惑したように叫んだ。

そして、いう。

「あちゃー、バレちゃったか……」

「だからいったのだ。正々堂々事情をちゃんとお話しすべきだと」

そこで、顔はサーベルタイガーのようで、身体《からだ》は頑健《がんけん》な鎧《よろい》に覆《おお》われた大男が、嘆息《たんそく》まじりにいった。

「そうはいってもさー、ベリアルだって強くは反対しなかったじゃーん」

「むっ……それはまぁ、レッセ、お主がそのほうが魔王様の喜ぶ顔が見られるなどというから……」

ベリアルと呼ばれた、武人のようなたたずまいの男は口ごもるように言い負かされている。

「ど、どういうことだ？」

困惑気味にいってるのは、魔王。

「私が喜ぶ顔？　お前達、一体何をしているのだ？　お母様たちは……？」

「魔王様」

そこで折り目正しく説明を始めたのは、片目にモノクルを装着し、銀髪《ぎんぱつ》をオールバックにしたいかにも礼儀《れいぎ》正しそうな男性だった。

「私めのほうから説明を」

「ギルガイン……」

「まずは本日のお食事会。急遽《きゅうきょ》欠席してしまい申し訳ございません。落ち度は完全に我々にあります。腹を切れというなら全員喜んで切る所存であります」

「……い、いや、まぁそれは良い。それより続きを……」

「ありがたき幸せ。実は、本日欠席させて頂いたのは、ひとかたならぬ理由がありまして……」

「全部勇者達のせいなんだよ⁉」

憤慨《ふんがい》しつつ口を挟《はさ》んだのは、レッセと呼ばれていた美少年だ。

「レッセ……どういうことだ？」

「デイン。ルシファー。ルミナリエ。あの憎《にく》き国民の槍《やり》ども……！　アイツらが最近ますます調子上げて、うちの砦《とりで》を次々制圧してるらしいから。それの対処に最近追われてたんだ。忌々《いまいま》しい化物《ばけもの》どもめ……どこにいて、どんな奴《やつ》らか知らないけど。今度見つけたら今度こそ絶対やっつけてやる！」

憤慨しつついうレッセ。

「「「…………」」」

その一言に、オレ達はなんとなく全員沈黙《ちんもく》した。

その三人って。たぶん、あの立ち読みしてた三人のことだよな……⁉

実は昨日も立ち読みしに店来てたんだけど。そのことはたぶん、告げないほうがいいんだろうなぁ……。

「おかげで、昨日、魔王《まおう》様の誕生日プレゼント取りにいけなくてさぁ」

つまらなそうに口をとがらせつついう、レッセ。

「え……？　私の……誕生日プレゼント？」

驚《おどろ》いたように、魔王。

「それで、まぁ、今日業務終了《しゅうりょう》後、お食事会を中止して取りにいかなければならなくなりまして……。申し訳ございません。勿論《もちろん》、この後、すぐ魔王様のお部屋に行って、お渡《わた》しするつもりだったのですが。そこで使うパーティグッズやジュース・菓子《かし》類などを調達に、ここへよったところ、魔王様にお会いしてしまいまして……」

「そ……そうだったのか⁉」

（な、なんだそりゃ……）

オレ達は、顔を見合わせた。

魔王ベアトリーチェ。

オレ達がでしゃばるまでもなく。案外、ちゃんと、部下に認められてるじゃん……？

「お、お前達、そうだったのか……」

まさかの展開に、魔王は、もはや、泣きそうである。

「とはいえ――。魔王様のお誘《さそ》いを蹴《け》ったとなると、それはもうほとんど軍規違反《いはん》も同然。魔王様は宜《よろ》しいとおっしゃられましたが、我々は、どんなお叱《しか》りも、どんな懲罰《ちょうばつ》も受ける覚悟《かくご》でございます。どうぞ処分を」

いうなり、その場に跪《ひざまず》き、首を差し出すように首を少し伸《の》ばすギルガイン。

スッ――

そして次の瞬間《しゅんかん》、見惚《みと》れるようなスムーズさで、残りの三人、レッセ、ベリアル、そしてたぶん、こいつがロイズなんだろう、何かクールそうな風貌《ふうぼう》の女魔族も、その場に跪いた。

「「「「どうぞ処分を！」」」」

そして声を揃《そろ》えてそう嘆願《たんがん》する。

「フ……フフ……いいだろう」

そんな四天王に、魔王は、泣き笑いのような表情でいう。

「お前達は馬鹿《ばか》だ。大馬鹿野郎《やろう》達だ。そんな大馬鹿野郎達に処分を……下す。

一生――私の四天王で居てくれ」

「「「「ま……魔王様ァァァァ！」」」」

号泣《ごうきゅう》しながら魔王に抱《だ》きつく四天王。

「…………………」

その光景に、オレ達は、なんか脱力《だつりょく》した。

なんだ……ただの、ちょっとした行き違《ちが》いだったんかい！

「にゃはっ。ま、よかったんじゃねーの？　全員ハッピーエンドってことで」

笑顔《えがお》でいう、勇気。

ま、まぁ、そうだな。

たまにはこういう感じもいい……のか？

と、いうわけで。

今回の事件は、異世界に来てから初めて、なんとなくほっこりした空気で幕を閉じたのであった……。


……と、思ったのだが。

※

「くっ…………！」

「ぐぅ……！」

夜一一時過ぎ。

店内に吹《ふ》きあれる、前回とは比べ物にならないくらいの〝負のオーラの風〟に歯を食いしばるオレと店長代理。

「透……何でこうなってる⁉」

「し、知りません！」

「昨日と展開一緒《いっしょ》じゃねーか！」

「そ、そうですね」

「聞いて来い」

「またですか⁉」

次々客が逃《に》げていく店内。オレは、渋々《しぶしぶ》、風の発信源……〝魔王〟に向かって台風レポーターの歩みそのものの姿勢で必死に近づいていく。

「お、お客様……！」

オレは、魔王に声をかける。

「ん？　あぁ……なんだ、トールか」

そんなオレに、沈《しず》んだ声で魔王。

「ど、どうしたんですか⁉　昨日はあんなにゴキゲンだったのに！」

「いや、それがな……」

ボソリと、魔王。

「昨日、あいつらから貰《もら》ったプレゼント。このネックレスだったんだけど」

魔王は、じゃら、と、小さい髑髏《どくろ》がいっぱいついたネックレスみたいなのを見せてくる。

「私、これ、もう持ってるんだよ……。一昨日《おととい》、自分への誕生日プレゼントとして、自分で買ったんだ。アイツらのプレゼント……ダブッちゃったなぁ。あぁ不幸だ」

「い、いや……知りませんよ！　別にいいじゃないですか！　贈《おく》り物なんですから、素直《すなお》に喜んどきましょう！」

オレはプレゼントを貰う側としてのモラルを説くが、

「あぁ……不幸だ」

ゴッ！　店内に暴風雨巻き起こす魔王。

おいおい！　この程度のショックでこんな状態になっちゃうの、この魔王!?　ただのわがままじゃないか！

ていうか、何で二日連続で店に来てクダまいてるんだ、この人……!?

まさか今後、不幸だと思うことあった時、いちいちうちの店来てクダまく気なんじゃないだろうな!?

「お客様、そろそろ夜も遅《おそ》いですよ？　城にお戻《もど》りになったほうが……」

「いや……悪いが……しばらく、ここにいさせてくれ。ここで溜息《ためいき》つくのが一番気持ちが落ち着くんだ」

嘆息《たんそく》混じりに魔王。

「か、勘弁《かんべん》してください！　それ海とか温泉とかでやってくださいよ⁉」

「それはそうとトール……廃棄《はいき》商品はまだか？」

「もう出ません！　完全に味しめてますよねアナタ⁉」

虚《むな》しく響《ひび》くオレの抗議《こうぎ》。

嘆息魔王ベアトリーチェ。

こうして、また、うちの店に、厄介《やっかい》な常連客が誕生する……！

DEMON ELEVEN

デモン・イレブン オススメ商品 vol.3

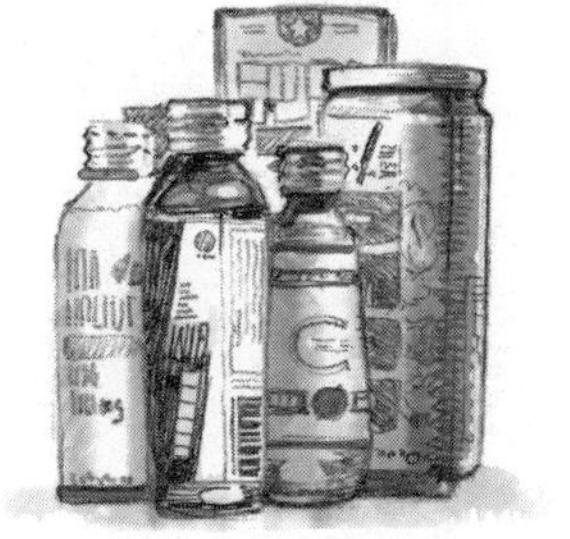

栄養ドリンク各種

近年、確実に需要を増やしてきているコンビニのキラーコンテンツ。ただの滋養強壮剤だけでなく、美容への効果を謳う商品も充実している。

異世界人の声

むう……。む？　何だ貴様は？　あぁ、いや、な。実は知人に以前この栄養ドリンクを買って帰ったら、ことの他気にいってしまってな。ヒアルロン酸？　コラーゲン？　おかげで肌がプルプルになったとかで……。

何？　その知人は妻のことか、だと？　……そうだ。

何？　それにしては買ってる商品がコスメにお菓子に炭酸飲料、随分若々しいだと？

……漢には色々あるんだ。

それ以上余計なことを詮索するようなら……斬るぞ？

その後店外で若いギャルと待ち合わせていた
武人然とした四天王の漢

シフトⅣ　異世界面接の四人

「あれ？」

オレがそれに気づいたのは、午前一〇時。

朝のピークも無事乗り越《こ》え、一息入れようかとか思ってた瞬間だった。

「え？　え？　え？」

目をこする。二度も三度も。

しかし——今、目の前にある光景は何も変わらない。

オレの視線の先。そこには——

とっくにピークも過ぎてるのに。長く長く。遥《はる》か地平線の先まで続いてんじゃないかってくらい、店の前に行列つくって並ぶ——

人間、魔族、亜人に精霊《せいれい》——異世界人達の姿があった。

「え？　え？　なんだコレ!?」

なんだこの状況《じょうきょう》!?　こんなハンパな時間に、客!?　けど、それにしてはおかしい。

客なら、店はとっくに開いてるんだからさっさと店に入ってくればいいのに……店の前の客は、律儀《りちぎ》に突《つ》っ立《た》ったまま。何かを待っているように、その場で並んでいるのだ。

「これは一体……!?」

嫌《いや》な予感でいっぱいになっていると、

「あれ？　透《とおる》、お前んなとこで何やってんだ？」

横から、不思議そうに声をかけられた。

声をかけてきたのは店長代理。

「あ、店長代理……実は、」

「や、悪《わり》ィ。話後にしてくれ。そろそろ準備しねぇといけねぇし。てかお前も急げよ!?」

慌《あわただ》しく店長代理。

その言葉に、オレはますます不安になる。

「準備？　準備って……何スか!?」

必死に詰《つ》め寄って聞くと、

「は？　あれ!?　もしかして俺、いってなかったっけ!?」

店長代理はビックリしたようにいった。

「なんすか!?　何をいってなかったんですか!?」

嫌な予感はとっくに確信レベルまで高まっている。

「面接」

そして店長代理はいうのだった。

「今度、バイト増やすから。そこで入れるバイト選ぶ為《ため》に、今から、面接やるんだよ。いつまでも人手不足でコキ使われたくはねぇからな……！」

店長代理はいい、

「で。お前も、店側の代表の一人として、面接官の一人だから。準備しとけ」

「は、はい⁉」

かつてない腹の底からのはい⁉　を叫《さけ》ぶ。

面接官⁉　アルバイトで、一五歳で、社会人経験無しで、一応現役高校生のオレが……⁉

「む、無理です！」

「だーいじょうぶだいじょうぶ。オレ、事務所の社長が所属志望の声優の面接やってんの見たことあるけど。他人の人生左右するだけのけっこう簡単なお仕事だったぜ？」

「それぜんぜん簡単じゃないでしょう⁉」

むしろめちゃめちゃ重いって！　責任！

「まぁでも、もう募集《ぼしゅう》の張り紙に、第一期デモン・イレブン面接大賞（前期）審査《しんさ》員、オレ、九条麻衣《くじょうまい》、反馬《はんま》透、and more……って名前書いちまったからなぁ」

困ったように頭をかきながら店長代理。

何してくれてるんだこの店長代理⁉

何、富士見《ふじみ》ファンタジア大賞とかの審査員みたいにオレの名前バイト募集のチラシに書いてるんだよ⁉

「つーわけで、とっとと準備しとけよ。あと、透、お前ちっとはマシな服着て来いよ？バイトとはいえ、今日は一応、面接官として同席すんだから」

あー忙《いそが》し忙し、とかいいながら、事務所のほうへ消えていく店長代理。背後では、クックック……とか、何故か不敵な笑みを浮《う》かべながら面接を待つ異世界人達が大挙して並んでいる。

（マジかよ……！）

というわけで。

もはやコンビニバイトの領域軽く超《こ》えてる……

オレの人生初、コンビニバイトの面接官挑戦《ちょうせん》、という謎《なぞ》の戦いが始まった……！

※

（マジかよ……!?）

驚《おどろ》きはどこまでも続く。

いよいよ規定の時刻を迎《むか》え、面接室に入ったオレだったが。

いきなり、ありえない光景が広がっていたのだ。

「透……」

「反馬……」

「透先輩《せんぱい》……」

呆《あき》れたようにいってるのは、隣《となり》に座る店長代理、九条、白雪《しらゆき》。

その三人の格好を見て、オレは叫ばずにはいられなかった。

「〝ちっとはマシ〟な服ってそういうこと!?」

叫ぶオレの視線の先。そこにいたのは、黒くゴツゴツした肩当《かたあ》てがつき、胸元《むなもと》にライオンの顔の意匠《いしょう》が施《ほどこ》されている分厚い鎧《よろい》を纏《まと》った店長代理。

白い鎧と白いローブがあわさったような、どっかで見たことあるような気もする服を纏った九条。

三角帽子《ぼうし》をかぶり、赤いつけ鼻をつけ、顔中に白いドーランを塗《ぬ》りたくったピエロのような格好をしている白雪。

「おーまーえーなー……」

しかし、驚くオレに、店長代理が心底疲《つか》れ果てたように眉間《みけん》を押《お》さえながらいうのだった。

「何ジャケットとか着てんだよ！

ここ日本じゃねーんだぞ？　ファンタジー世界だぞ⁉

常識で考えろや。

こっちの世界のマシな格好っつったら、普通《ふつう》こうだろ⁉」

「普通、そうですかね⁉」

オレは全力で抗《あらが》う。

何コレ⁉

オレが間違《まちが》ってんの⁉

「あーもう最悪、反馬……こっちが恥《は》ずかしいわ。ＴＰＯわきまえてよ⁉」

九条は吐《は》き捨てるが、

「いや、オレのジャッケットのＴＰＯ力、白雪に劣《おと》ってんの⁉」

「あーあ。塔子《とうこ》、透先輩の、そういう空気読めないとこ大キライ。これくらい、ケンブリッジじゃ当たり前ですよ?」

蔑《さげす》むようにいっているのは、天才少女、白雪。and more の正体ってこいつだったんかい……。

「い、いや、ケンブリッジの卒業パーティとかならありえるかもだけど、ピエロの格好はどこででもフォーマルじゃないだろ……⁉」

(なんなんだコレ……⁉)

オレは絶望した。

これ、今から面接やるんだよな……⁉

何でこんな格好で自信満々に座れるんだ、この三人……。

(しかも、もっとありえないのは……!)

この三人が想定外のことをするのはまぁある意味想定内。

想定のさらに上をいってしまっているのは……

「不幸だ……私は、不幸だ……」

長机を挟《はさ》んだ向こう側、四つ並んだパイプ椅子《いす》に座り、
ゴッ! 面接室に嘆息暴風を及《およ》ぼしている、魔王。

「バカヤロウが……本気にさせやがって。〝竜の怒り《ドラゴン・エクスプロージョン》〟!」

髪《かみ》を逆立てながら、何故《なぜ》か悲しそうな目つきでこっちを見据《みす》える勇者、

「やれやれ……齢《よわい》八〇にして挑戦者か。心躍《おど》るの」

ニヤリ、と獰猛《どうもう》な笑《え》みを浮かべている、片目が刀傷で閉じたままになっている、タンクトップ一枚の明らかにただものではなさそうな老人。誰《だれ》!?

「国内で謀反《むほん》!?　民《たみ》が重税で苦しんでおる!?　捨て置け！　それどころではないじゃろう！　わしは今、バイトの面接中なんじゃ!?」

後ろに居る兵らしき人物に叫んでいるのは、見事なガウンに煌《きら》びやかな王冠《おうかん》を身に纏った、どっかの由緒《ゆいしょ》正しいバックボーンを持つであろうどっかの王、

「なんなんだこのメンツは……!?」

オレは、四人に、必死に訴《うった》えかける。

「ダメでしょ!?　勇者や魔王や王様が（特に王様）、本業ほっぽりだしてコンビニバイトの面接来ちゃ、絶対ダメでしょ!?」

オレのファンタジーへの無垢《むく》な憧《あこが》れを壊《こわ》さないでくれ！

「それはどうかな？」

そんなオレの叫びに答えたのは、〝勇者デイン〟だった。ええ……!?

「オレ達の、コンビニバイトへの想《おも》いが、生半可じゃないってこと。ここに居る資格が十

分あるってこと。今からお前にみせてやんよ」

ニヤリ、笑っていう勇者。

フッフッフ……

クックック……

他の三人も不敵に笑う。

それに呼応するように闘志《とうし》を高めていく店長代理、九条、白雪。

「上等だ」

「ほんと。あんた達みたいなヤツら、心のどっかで待ってた」

「ちょうど退屈《たいくつ》してたトコです。手ごたえ無かったら承知しませんよ？」

ニヤリと三人は笑う。

……なんなんだよお前らのその武闘派《ぶとうは》のノリも⁉

面接だよな⁉　これから始まるの面接なんだよな⁉

「ではこれより、第一期デモン・イレブン面接大賞（前期）、第一グループの面接を始める！」

なんかの格闘《かくとう》大会の審判《しんぱん》みたいな声で告げる店長代理。

「「「「応ッ！」」」」

応じる面接者達。

ええええ……？

というわけで、不安でいっぱいの異世界人達のコンビニ面接が始まった、らしい。

面接が始まる。

「では、まず、名前と職業を教えてくださいです。そちらの方から」

仕切りだしたのは、予想外中の予想外の人物、白雪だった……いやお前が仕切るんかい。最年少で、かなり特殊《とくしゅ》な性格してるし、絶対適性ないと思うんだけど。

「は、はい」

そして始まる、面接。

指名され立ち上がったのは、正面で一番右に座っていた、赤い髪に黒いドレスの女……魔王だった。

「し、失礼します。死の大地から来ました、ま、まお、ま、ま……」

アガリ過ぎてるのか、あたふた自己紹介《しょうかい》を噛《か》みまくる魔王。

「落ち着けって。誰だか知らねぇけど。怖《こわ》いのはみんな一緒《いっしょ》だ。合格目指して、一緒にがんばろうや」

その魔王を、隣に居た勇者が励《はげ》ましているが、いや、なんだこの図……⁉ 勇者がコンビニ面接中に魔王《まおう》励《はげ》ましてるって、もう、何重の意味でおかしいんだよコレ……

「え⁉ そ、そうか？ あ、ありがと。お前、名は？」

ポッ。顔を赤らめながら、勇者に聞く、魔王。

「名？ デインだ。勇者デイン」

「ユーシャ・デイン……ステキな名だ。トールより、ステキな名だ……」

ぼそぼそ小さく呟《つぶや》く、魔王。

……惚《ほ》れた？

気を取り直して、

「ま、魔王です。魔王ベアトリーチェ。年齢《ねんれい》は五四二。バイト経験は……すいません。ありません」

歯噛《はが》みしながら、魔王。

……うん、そらそーだろうね。魔王なのにバイト経験あったらそれはそれで問題あるもんね。魔王は続けた。

「あまりにも不幸な自分の境遇《きょうぐう》を変えたくて、応募《おうぼ》しました。私の居場所はさっとあそこにはない……！」

そしてそんなことをいいだす魔王。またか……。

その不幸って思ってる原因、たいしたことない理由なんだろうな……？

「正直……こんな大変な仕事できるか、不安でいっぱいです。今までは……六六六万の部下、一匹一匹《いっぴき》の体調管理したり、全員ちゃんと食べてけるように経営の舵取《かじと》りしたり。あと、できるだけ働きやすい職場にしたくて、福利厚生充実《じゅうじつ》させたり、出産で一度退職した雌《めす》種族もできるだけ復帰しやすい制度導入したり……それくらいの、小規模な仕事しか出来ていなかったので……」

自分を責めるような口調で魔王はいうが……ハッキリいうけど、それ、コンビニバイトやるより何百倍も大きな規模の仕事だよね⁉　むしろオレ、そんな魔王軍ならそっちで働きたいわ……！

「たいしたもんだな、マオ・ベアトリーチェさんとやら。仕事内容はよくわかんねぇけど……あんたはマジリスペクトに値《あたい》するぜ」

隣で、勇者も鼻の下をこすりながら、へへっ、とか笑いながら褒《ほ》めている。いや……誰だよ、マオ・ベアトリーチェって！　気づけよ！　あんたが褒めてるの、一応、宿敵のはずの魔王なんだよ！

「だから、雇《やと》ってくれなんていえません。自分で自分が至らないことは自覚しているので。でも……だからこそ。だからこそ、変わりたいんです！　私は、もっと、大きな世界をのぞいてみたい!!」

目を輝《かがや》かせながら魔王！

「こんな私でよければ……どんな条件でも良いです。私に新しい世界を教えてください。どうか……よろしくお願いします！」

魔王は思いっきり頭を下げてフィニッシュする。

「ありがとうございました」

その自己ＰＲに、納得《なっとく》したようにいったのは、白雪。

そして次の瞬間《しゅんかん》、白雪は、店長代理、九条、オレに顔を近づけ、

（どうですか？）

なんか淡々《たんたん》と、意見を求めてくる。

（……いいんじゃねぇか？　なんか真面目《まじめ》そうだし）

（そうね。まぁ、無断欠勤とかしそうにはないタイプかもね）

と、店長代理、九条。

（オ、オレは反対かな……）

オレはやんわり拒絶《きょぜつ》する。

頭が固いっていわれるかもしれないけど。やっぱ魔王は、コンビニ店員じゃなく魔王専業で生きていくべきでしょう⁉　ていうか、生きてて欲しい。

「ん……じゃあ、ま、今回はこういう感じです？」

そういうと白雪は、手元にあった紙に、なにやら書き込んでいく。

そこにはこう書かれていた。

魔王【ベアトリーチェ】評価。

疾風《しっぷう》の白雪………【8】

紅茶女帝《じょてい》九条……【6】

店長代理…………【7】

ちょっと反馬……【4】

計【25】

「あ……こ、こういう、クロスレビュー的な感じで面接していくんだ……⁉」

知らなかった！　バイトの面接って、こういう、ゲーム雑誌的な方式で合否決めてるんだ⁉　わざわざ一人一人にもそれっぽい渾名《あだな》つけて！

「え？　ハーバードではこれデフォルトでしたけど？」

しれっといってくる白雪。お前、ハーバードにも行ってたの⁉　よくわかんないんだけど、どんだけのスピードで生きればそんなこと可能なの……⁉

「ま、ちょっと及第点《きゅうだいてん》以下ってトコですかね……ま、今後次第《しだい》ですけど。

それでは、次の方」

そして白雪は、謎《なぞ》の面接仕切り力を発揮して、面接をサクサク進めていった。

「負けねぇ……オレは絶対負けねぇ！」

次に立ったのは、魔王の隣《となり》に居た、髪を逆立てた男。

（いや……正直、勇者もあんましコンビニで働いて欲しくないいんだけど……、

オレの願いも虚《むな》しく、

「デイン。勇者。二四歳。今までの勤務経験は……武道家、戦士、魔法使い、踊《おど》り子、あと盗賊《とうぞく》も一時期やってたぜ？」

自信満々に、自分の職歴を披露《ひろう》してくる勇者。

うん、職歴は職歴でも、それ、コンビニの面接の時にいう職歴じゃないよね⁉　どっちかっていうと職業《ジョブ》って呼んだほうがしっくりくる系の職歴じゃ……。

「一時期――？」

その時だった。

面接席から鋭《するど》い声が飛んだ。

いったのは、白雪。

「え？」

「一時期っていうのはどれくらいですかぁ？」

氷より冷たい目で問う白雪。

「一年。一ヶ月。半年。一〇日。どれも一時期と呼んでも差し支《つか》えない期間だと思いますが？」

「め、面目《めんぼく》ねぇ……半年……いや、正確には、五ヶ月と二〇日ぐらい……」

「二〇日。五ヶ月と二〇日、ですね？　五ヶ月と二一日、などではないですね？」

「う、あ、ああ。ま、間違《まちが》いねぇ」

「わかりましたぁ」

そういうと、手元のメモに素早《すばや》く何か書き記す白雪。

「いや……あのさ……」

オレは、なんとなく、隣の九条に聞いた。

「そこ……そんな重要か⁉」

何、今のくだり⁉

盗賊やってた期間が、一年だろうと半年だろうと、ましてや、五ヶ月と二〇日だろうと二一日だろうと、コンビニ面接でそんな関係なくないか⁉

「まぁ面接っていうのは、ありとあらゆるところから、その人の人となり見出《みいだ》さなきゃいけないしね。塔子なりのアプローチなんじゃん？　あいつ天才だし、その辺、細かいとこも気になるんでしょ？」

ツンとした態度で、そっけなく九条はいうが、う、うぅむ、そういうもんなのか⁉

「では志望の動機を」

「お、おう……」

勇者は姿勢を正し、

「実はな。この前、ちょっとした戦いがあって。仲間の一人のジーサンが死んじまってな」

辛気臭《しんきくさ》い顔でいう、勇者……

って……

えぇぇぇぇぇ⁉

死んだ⁉

あまりの衝撃《しょうげき》的な告白に、オレ達はどよめく。

しかも、仲間の一人のジーサンって。

あの店長代理に《状態異常絶対霧散呪文《オールキャンセル》》かけてくれた、あの人だよな!?

「くだらん話さ」

勇者は自嘲《じちょう》気味の笑みを浮《う》かべる。

「この店で立ち読みしてる最中、MP使い尽《つ》くして。外に一歩出たらMP0。HPも一ケタ。おかげで普段《ふだん》なら秒殺の雑魚《ざこ》敵に、あっさり、殺されちまうんだからな……」

沈痛《ちんつう》な面《おも》持ちで勇者は語るが……

いやいやいやいや。

また、力使い果たすくらいこの店で立ち読みしてたの、この人達!?　全然学習してない！　まじでくだらん話だな、おい!?

「ま、いちおう、蘇生《そせい》魔法《まほう》で蘇《よみがえ》ったんだが。なんだか、自分が、ひどく情けなくてな。ま、その辺含《ふく》めてな。今、自分に何が足りないのか、明確にわかったんだ。オレに必要なのは冒険《ぼうけん》や修行《しゅぎょう》じゃねぇ。オレに今必要なのは……仲間を死においやった、この店。【デモン・イレブン】でバイトして、このコンビニに慣れることなんだってな」

決然と、勇者。

……いや、この人に必要なの、やっぱり、冒険や修行だと思うんだけど。ウチの店に慣れてどうすんの？　まさか、この先も立ち読みする前提で、それ見越《みこ》したバイト志望なんじゃないだろうな……。

「ま、そんなわけだ。煮《に》るなり焼くなり……あんたの好きにしてくれや」

ガッ、と頭を下げる勇者。

「ありがとうございましたー」

淡々と、白雪。

そして再び白雪はオレ達に聞いてくる。

（……どうですか？）

（んー、正直、魔王よりは響《ひび》かなかったなー）

（私も。志望動機としちゃ、弱いよね）

（い、いや、そりゃそうだけど。さっきの魔王も似たようなもんじゃなかったか⁉）

うってかわってあまりに低評価な勇者に、若干《じゃっかん》同情しながらオレ。

「ん……じゃあ、ま、この人はこういう感じですかねぇ」

そういうと白雪は、手元にあった紙に、書き込んでいく。

そこにはこう書かれていた。

勇者【デイン】評価。
疾風の白雪……【1】
紅茶女帝九条……【2】
店長代理……【1】
ちょっと反馬……【7】
計【11】

「低っ!?」

オレは愕然《がくぜん》となった。ちょ、待ってくれ！　これ、ゲームだったら、歴史に残るくらいの低評価だぞ!?　あと、オレのセンス圧倒的《あっとうてき》に疑われる！

(ここまで魔王と違うか!?)

同情しつつオレはいつの間にか面接官リーダーみたいになってる白雪に聞いた。

(評価の分かれ目は一つ。盗賊をやっていた期間ですねぇ)

白雪はいう。

（自分が盗賊をやっていた期間を正確に答えられなかった。それくらい、一日単位で記憶《きおく》してないとコンビニ業務には向いていないじゃないですかぁ）

（普通《ふつう》……覚えてないと思うけど……）

たとえば、ゲームやってて、あの日からあの日まで、主人公のジョブ盗賊だった……とか、覚えてられるかなぁ……。

まぁ、でも、良いや……オレ、どっちかっていうと、勇者には冒険者に専念してて欲しいし。

「っしゃ！　受かったら一緒《いっしょ》にがんばろうぜ⁉　ハハ！」

とかいいながら、魔王に声かけてる勇者の姿はあまりに痛ましいけれど。

「ありがとうございました。では、次の方」

「ふむ……」

そして立ち上がったのは――なにやら獰猛《どうもう》な顔つきになってる、タンクトップ一枚の隻《せき》眼《がん》の老人。この人もなんかタダモノじゃなさそうなんだよな……⁉

「アルヴェルトと名乗っておる。職業は、そうじゃな……まぁ、先生のようなものじゃな。のうデイン」

「お、お師さん……！　勘弁《かんべん》してくれよ」

ちょっとビビッたような声でいう勇者。

ん？

「お師さんって？」

九条が聞くと、

「ま、まぁ。つまり。オレの先生ってわけだよ」

なんかバツ悪そうに勇者はいうが……

ええええええ!?

「「「勇者の師匠《ししょう》!?」」」

オレ達全員目を見開いた。

やっぱり、この人も普通じゃなかった！

「まぁ、とはいえ、昔少し指導した程度で。実力ではとっくに追い抜《ぬ》かれておる。わしがしたことは、かつて、七回世界を救ったことくらいじゃ」

ホッホ、と笑う師匠。

くらいじゃ、って、それ、完全に誰《だれ》にでも出来ることじゃねぇ！

「気ぃつけろよ。怒《おこ》ったらオレでも止められるかわからねえくらいの力の持ち主だからな」

　忠告してくる勇者。

　いや、そんな人相手にどう面接しろと……!?

「じゃ、じゃあ、あの……動機などを」

　白雪が、若干ビビリながら、促《うなが》す。

「なぁに、簡単な話じゃ。世界を救い、武を極《きわ》め、人生でやりたいことはほぼやり終えた。そんな中、彗星《すいせい》のようにめぐり合ったんじゃ。未《いま》だかって挑戦《ちょうせん》したことのなかった武芸――〝コンビニてんいん〟という奴《やつ》にな」

　ニヤリと笑いながらいう師匠。

　うん……挑戦したことなかったの当たり前だよね、この店こっち来てまだ一ヶ月も経《た》ってないし……！　あと、すいません、一応コンビニ店員は武芸じゃないんですけど……？

「どれだけ自分を追い込めるか。どれだけ極められるか。基本的には、指の筋肉を鍛《きた》え、レ一月後《ひとつき》には客がレジに商品を置いた次の瞬間《しゅんかん》には、レジが打ち終わっている程度には、レジ打ちを極めるつもりじゃ。品出しも任せろ。商品巡《めぐ》って争ってる不届き者は、悉《ことごと》く、屠《ほふ》る」

　自信満々にいう師匠。

「屠っちゃダメです！」

オレは慌《あわ》ててストップをかける。

気持ちわかるしオレもそうしたい時あるけど！　コンビニ店員は、お客さん屠っちゃダメ！

「あとは、まぁ、少し、人を探しておってな。それも動機じゃな」

さらに師匠は、朗《ほが》らかな笑顔《えがお》で続ける。

「ひ、人、ですか？」

「ああ。〝黒い剣《けん》〟を使う男を見たら、すぐ教えてくれぃ。あやつとは古い因縁《いんねん》があってな。ま、そういう意味でも……ここは人が集まるし、働きたいんじゃよ」

ニィ……。傷になっている左目を押《お》さえながら、獰猛に笑う老師。

……ダメだ。確実にこれ、店に客としてその人きたら、左目の借り返そうとしてる復讐《ふくしゆう》者だ。コンビニ店員向いてない。

（ダメだろこの人だけは……）

勇者、魔王以上に採用すべきじゃない。

あまりの危険物件に、オレは呆然《ぼうぜん》としていたが、

（なかなかいいですね）

聞こえたのは。

白雪の、感心したような声だった。

……え？

（どうです？）

（いや、これはな）

（うん。ま、もう、これで決まりって感じね）

そしてそれに頷《うなず》いている九条と店長代理。

（いや……大丈夫《だいじょうぶ》、お前ら⁉　なんか、めちゃめちゃ食い付いてるけど。まさか評価高くなってないだろうな⁉）

「……じゃあ、ま、この人はこういう感じで」

オレの忠告をよそに、白雪は、手元にあった紙に、書き込んでいく。

そこにはこう書かれていた。

師匠【アルヴェルト】評価。
疾風《しっぷう》の白雪………【9】
紅茶女帝《じょてい》九条……【10】

店長代理…………【10】
ちょっと反馬……【10】
　　計【39】（プラチナバイトに認定《にんてい》！）

　オレは頭を抱《かか》えた。

　高い……！　高すぎる！　勇者の軽く三倍以上！　しかも何の特典があるのか、プラチナバイトとやらに認定されてやがる！　あと、オレ10点満点つけてるってどういうこと⁉　オレの意見、これ、ほんとに反映されてるんだよね⁉

（だって、邪魔《じゃま》な客ホフッてくれんだぜ？　透。お前、一回でもそういうことしたことあるか？）

（あるわけないですけど⁉　したらクビですよね店長代理⁉）

（マサチューセッツでもこんな人みたことないです）

（そらそーだろうね！　いないでしょうね、こんな人！）

（復讐者、か……。キャラ的にも、今、うちの店にいないタイプだしね）

　九条もいう。

「嫌《いや》な予感的中！」

(そらおらんだろーよ！　八〇歳超《こ》えた、勇者の師匠でかつ復讐者！　日本のコンビニにはおらんわな！)

「明日からよろしくお願いしますね、アルヴェルトさん」

とかいってる間にも、ニコリと笑ってお師さんにいう、白雪。

って、おい！　明日から、、、って！　完全合格が既定路線になってる人にいうヤツじゃないか！

(マジかよオイ……⁉)

オレは、頭を抱える。

いや、これ、まだ大勢並んでる中の、三人目だけど。もう、ほとんど、このジイさんで合格決まりじゃないか⁉

(よりによってジイさんかよ……)

軽い絶望を覚える。

いや、うん。

別に何かを期待してたわけじゃないんだけど。

せめて、可愛《かわい》い女の子とかさ！　格好良いエルフとかさ！　そういう人に入ってもらいたかったたかもしれない。って、つまり、オレ、何かを期待してたのか？

（まぁ、でも、仕方ないか……）

オレは無理やり自分を納得《なっとく》させる。

39点（プラチナバイト認定）なんて超《ちょう》高得点、残りのグループ全員やっても、もう出ないだろうし。奇跡《きせき》なんか信じても仕方ない。

受け入れるんだ、現実を……

このご老体が、明日から、オレ達の同僚《どうりょう》だってことを……。

とか、全然未練たらしいことをブツブツ一人呟《つぶや》いていた時だった。

「お父様ッッ！」

突如《とつじょ》、そんな叫《さけ》び声が響《ひび》いたかと思うと、

バンッ！

唐突《とうとつ》に、事務所の扉《とびら》が開かれた。

※

（な、なんだ……⁉）

事態が飲み込めない中、事務所に、どこか清々《すがすが》しい花の香《かお》りが漂《ただよ》う。

「今すぐ……今すぐ国へお戻《もど》り下さい！」

その香りと共に入ってきたのは、一部が帷子《かたびら》状になっている軽騎士《きし》用の鎧《よろい》を身に纏《まと》った、そこらの男よりよっぽど短く金細工のように美しい金髪《きんぱつ》を刈《か》っている――驚《おどろ》くほどの美貌《びぼう》を持つ少女だった。

お、おお⁉

「ジュリエッタ⁉」

それを見て、慌てて立ち上がったのは、この部屋にいながらにして、未だ面接を受けていない唯一《ゆいいつ》の人間――どこぞの、王。

「何事だ⁉　いかに我が最愛の娘《むすめ》にして、女だてらに我が蒼天《そうてん》騎士団の騎士団長を務めるお前といえど、ここには来るなと念押ししておいたはずだが⁉」

キツイ表情で、責めるように王。あ、あの人、娘さんなのね……。

「お父様……いえ、騎士団長として、我が親愛なる王にお伝え申し上げます！　どうぞ……どうぞ今すぐ国へお戻り下さい！」

バッ！　跪《ひざまず》きながら、切実に訴《うった》えかける、少女、ジュリエッタさん。

そういや、さっきも、なんかそんなこといってたっけ？

それなりに興味をもって見守っていると、

「今、世界最大の大国である我が国は、最近突如結託《とつじょけったく》したウェストニアとインダストリアの攻撃《こうげき》にさらされ、さらに、内部分裂《ぶんれつ》、民《たみ》の反乱、魔族《まぞく》の大量発生、食料の不足……建国以来最大の危機を迎《むか》えています！

こんな時に。

一分で国内三つのお家騒動《いえそうどう》を鎮《しず》め。

二分で魔物六〇〇匹を屠り。

三分で国内の騎士の士気を一〇〇〇倍に高めたという伝説を持つ〝英雄王《えいゆうおう》〟、リチャード・ウルフェイン三世は何をやっておられるのですか⁉」

全力で訴えかける少女。って、ええ……⁉　世界最大の大国の英雄王⁉　なんか他の三人に比べてモブキャラっぽさ全開だったけど……そんな偉人《いじん》だったのか、この人⁉

「あなたさえいれば、一騎当千《いっきとうせん》。いや、武力・知力・人脈力、すべて兼《か》ね備える一騎当三千のあなたさえ戻れば、いまからでもすぐ国は盛り返せます！　ですので何卒《なにとぞ》！　何卒我が国にお戻り下さい！」

必死に叫ぶジュリエッタ。

「笑止《しょうし》……！」

が。それを、王は、歪《ゆが》んだ笑顔で退けた。ええ……⁉

「なんだそんな用か……。

国？　民？　くだらん。

ワシは知ってしまったのだよ！　本当の力とは何かを！　本当の神とは何かを。

一日中開いているという狂気《きょうき》じみた明るさの店内。

人間を堕落《だらく》させる悪魔の誘《さそ》い水としか思えん、馬鹿《ばか》げた品揃《しなぞろ》えのよさ。

頭が馬鹿になるのがわかっていても読むのが止められんキラ星の如《ごと》く面白《おもしろ》い雑誌の数々。

コンビニこそが、全てを超越《ちょうえつ》する力！

だからワシはこの店へ入り込み、必ずやこの店のノウハウを手にして、この世界……そう、国などという小さな枠《わく》ではなく、世界そのものを手中に収めてみせる！」

禍々《まがまが》しく叫ぶ、王様。

うん。この人をモブキャラ扱《あつか》いしてたオレに見る目なかったね。こんなファンキーな王だったんか、この人……。

「どうだジュリエッタ？　お前も我が野望に手をかさんか？　働き次第では、世界の半分をくれてやらんこともないぞ？」

「そんな……お父様……お父様は変わってしまった……」

ガクリッ。涙《なみだ》にくれ、その場に膝《ひざ》を折ってしまうジュリエッタ。そんなジュリエッタを見て、王は獣《けもの》のように笑う。

「しょせん下賤《げせん》の子は下賤……マリアンヌの連れ子と思い今日まで大事に育ててきたが、私の崇高《すうこう》なる思想にはついてこれんか。リオンといい、どいつもこいつも……。まぁ良い。所詮《しょせん》はお前はここまでが限界の女。私が世界を支配さえすれば、お前の考えも変わろう」

そして、邪神《じゃしん》そのものの笑みを浮《う》かべながら、王は、振《ふ》り返る。

白雪、店長代理、九条、オレの方へ。

「さぁ面接官どもよ！　私に告げよ！　大いなる福音を！　〝英雄王〟リチャード・ウルフェイン三世を……このコンビニで働かせると！　ウワハハハハハハ！」

世界を手中にしたかのように爆笑《ばくしょう》する英雄王。

「…………」

「…………」

「…………」

「…………」

その視線を受け、白雪、店長代理、九条、オレは顔を見合わせた。

「……これ、あれですねぇ」

「うん」

「だよなぁ」

「普通《ふつう》にそーだろ」

なんとなく、かつてないほど速く意見をまとめたオレ達、白雪は、いつも通りサラサラとメモにペンを走らせ。

そしてなんとなくそれを受け取ったオレが、王にメモを手渡《てわた》す。

「ウワハハハハハハ！　なんだこれは⁉」

「今回の面接における貴方《あなた》のポイントです。普通はお見せしないんですけど今回特別にお渡《わた》しします」

「おお！　どれ、私直々《じきじき》に閲覧《えつらん》してやろう！」

歪んだ笑みを浮かべたまま、そのメモに目を落とす王。

そこには……こう書かれていた。

英雄王【リチャード】評価。

疾風《しっぷう》の白雪………【0】

紅茶女帝九条……【0】

店長代理…………【0】

ちょっと反馬……【0】

計【0】

「不合格です」

「ええっ⁉」

王は泣きそうな顔で叫んだ。

「えっ⁉　不合……えっ⁉　何で⁉」

「い、いや。だって、普通にコミュニケーション能力、めちゃ低そうじゃないですか」

理由を説明するオレ。

あの流れで、あんだけ〝合格を告げよ！〟とか豪語《ごうご》した結果、面接落選とか自殺モンの恥《はず》かしさだろうし気の毒だけど……うーんでも仕方ないよなぁ。

だって普通に考えて、こんな人と一緒《いっしょ》に仕事したくないだろ、どう考えても。

「うん。つかさ。面接官にタメ口、どころか命令形とか。あんた世の中ナメてんの？」

九条が容赦《ようしゃ》なく普通にタメ口で一刀両断した。

「あとさ……面接来るんだから。ヒゲくらい剃《そ》ってこいや？　何そのピンと伸《の》ばしたヒゲ。うち、基本、ヒゲとピアス禁止だぜ？」

親身な口調で、世界最大の大国の王にいってあげる店長代理。

「というわけで今回は落選です。お引き取りください」

冷徹《れいてつ》に突《つ》き放す白雪。

「そ、そんな……」

愕然《がくぜん》と崩《くず》れ落ちる王。

「お、お父様、気を取り直してください！　まだ国が……私達、民がいるではありませんか！」

そんな王に、優しく寄り添《そ》うジュリエッタ。

「う、うむ……し、しかしワシはこのコンビニでどうしても……」

それでも尚《なお》、王は未練らしきものを口にしていたが、

「しゃあねーなー」

その時だった。

思わぬ人物が声をあげる。

「だったらよぅ。一回、国戻って。国平定して。あんた自身も心入れ替《か》えて。その後もっかい面接やったらいいじゃねぇか」

いったのは、勇者デイン。

「も、もう一度……面接？」

困惑《こんわく》したような、でも、何か、救いを見出《みいだ》したような、そんな表情で、王。

「ああ。あんたも簡単には諦《あきら》めらんねぇだろ？　かといって、確かに、あんたそんな状《じょう》況《きょう》でここで働くってのも無理な話さ。

だったらさ、用事終わらせて、綺麗《きれい》になったカラダでもっかい来る……それ以外、落とし所ねぇだろ」

そんな勇者の発言に、魔王も、そして師匠《ししょう》もこくこく頷《うなず》いていた。

「し、しかしワシは、今どうしてもこのコンビニで……」

「わかってる。だから、手伝ってやるっつってんだ。今日、ここに居る、面接に来た全員。全員でお前の国の建て直しに協力してやる。そうすりゃ早く終わるだろうし、抜《ぬ》け駆《が》けもでねぇ。その条件なら、お前も我慢《がまん》できんだろ？」

肩《かた》をすくめ、淡々《たんたん》という勇者デイン。

「ば、馬鹿な……」

その申し出に王は目を丸くした。

「なんだそれは。そんなことをして。お前らに何の得が……」

「馬鹿野郎《やろう》。納得いかねぇんだよ、こんな形でお前に勝っても」

デインは吐《は》き捨て、

「お前は確かに間違《まちが》ってる。人としては。だが、そのコンビニに向ける情熱……その一点だけは、たいしたもんだ。正直、俺、お前ほどの決意でコンビニバイトに応募《おうぼ》してなかったかもしれん」

「ふむ。一理あるのう」

「わ、私もそうかも……」

納得した表情でいう師匠と、魔王。

「だからよう。リターンマッチといこうや」

勇者は笑顔でいった。

「何年後か。何十年後かわかんねぇ。もう一生できないかもしれねぇ。けど、その時までにゃ、オレもちゃんと気持ち入れなおしとくからよ。その時。改めて。勝負といこうや。今日面接に来た数百人の中で……いいや、この世界の住人で、誰《だれ》が、一番、このコンビニで働きたいと思っているのか。

改めて——第一期デモン・イレブン面接大賞（後期）、開催《かいさい》といこうや」

手を差し出し、申し出る勇者。

「い、いいのか？　お前達も……本当に、それで良いのか？」

王は、周囲を見渡《みわた》す。すると、師匠や、魔王、そして、後に並んでいた五〇〇人くらいの異世界の住人達もうんうんとうなずいているのが見えた。

「やれやれ……齢《よわい》八〇にして挑戦者《ちょうせん》か。心躍《おど》るの」

「力を貸そう。魔王軍。その、圧倒的《あっとう》な魔の力をな」

「有難《ありがと》う……有難う、そなたたち！」

ガッ！　力強く勇者の手を握《にぎ》り返す、王。

「ようし、行くか……ものども、出撃《しゅつげき》だぁ！」

「おおおお！」

ドドドドド！　轟音《ごうおん》と共に事務所から走り出すバイト面接者達。

それを見ながら……オレ達は、いい加減我に返っていた。

「えーと……え？　何？　これ。結局、あの王様の国平定されるまで。オレ達バイト募集《ぼしゅう》しちゃダメってこと⁉」

変な奴《やつ》入ってくんのも困るけど。

人増やせないの、それはそれで困るだろ⁉

「て、ていうか、あの勇者、何勝手に仕切ってくれてんのよ⁉　面接の有無《うむ》決めんのはあんたじゃないでしょ⁉」

「な、何でこんなことに……塔子のデータに狂《くる》いはなかったはずなのに！　うわーん！」

そしてあっさりテンパりながら白雪がいっている。

「ていうか……あれ？」

オレは、そこで、ふと気づく。

「店長代理は？」

「あ！」

そこで、九条が唖《あ》然《ぜん》と叫《さけ》ぶ。

「あれ！」

青ざめた顔で指差す九条。

そこには――

「ちょ、待てこら！　オレはコンビニ店員でもねぇし、ましてやお前らパーティの一員でも……声優！　スター声優の真《ま》壁《かべ》――」

力強く出《しゅつ》陣《じん》していく英《えい》雄《ゆう》軍の中から抜け出せず、押し流されるようにコンビニから去っていってしまう店長代理の姿。

「店長代理ぃぃぃぃ!?」

オレ達が叫ぶのも空《むな》しく、店長代理が事務所の向こうへ消えていく。

「え？　何これ？」

「面接した結果……従業員、一人減った？」

唖然と立ち尽《つ》くす三人。

異世界に唯一《ゆいいつ》あるコンビニ〝デモン・イレブン〟。

そこでは今日も異世界ならではの、不可思議な事件が起こっている。

店長代理が長旅を終えて戻《もど》って来たのは、それから二週間後だったという……。

DEMON ELEVEN

デモン・イレブン オススメ商品 vol.4

たまごサンド

“ツナマヨおにぎり”に比肩するコンビニ飯の重鎮。女子人気ではややこちらが上か。

一切れがツナで一切れがたまごのバージョンもある。

異世界人の声

本当に驚いた。まずパンが女神の加護でも受けているのかと思う程柔らかい。そして具材。ただ卵味だけかと思えば意外に香辛料が効いていて飽きさせない。

昔、騎士団に居た幼馴染のリオンとエドがこういう味が好きだったんだ。父が嫌で飛び出していってしまったが……。

あいつらもどこかでこれを食べているんだろうか……。

通りすがりの蒼天騎士団騎士団長“天剣のジュリエッタ”

シフトV　新商品開発の二人

「あぐぐ……」

午前七時五三分。

朝のピーク直前。

さぁ今日も出勤だ、と店に来たオレは驚《おどろ》いた。

今日、オレと同じ八時〜出勤のはずの女子、九条《くじょう》が、何故《なぜ》か既《すで》に事務所に姿を現しており――

しかも、なにやら、机で頭を抱《かか》えてウンウン唸《うな》っているのだ。

「お、お前……何やってんの？」

少ない荷物が入っただけの、通学用だったドラムバッグを机に置きながら、オレは九条に聞く。

「あ。反馬《はんま》」

痛てて、と知恵熱《ちえねつ》でも出てるのか、額を押《お》さえながら九条。

「これよこれ」

いいながら九条は、一枚のプリントされた用紙をオレに見せてきた。

そこには――

【商品開発部より】

という文字、そして、その下に、細かい字で色々何か書かれている。

「昨日の夜AMから連絡《れんらく》あってさ。商品部の新商品コンペに出す用に、異世界ならではの新商品考えろっていわれてるんだけど」

「はぁっ!?」

オレは思わず声をあげた。

「異世界ならではの新商品!?」

「う、うるさいわね。大声でリピートしないでよ、疲《つか》れてんだから!?」

嫌悪感《けんおかん》全開でいってくる九条。

「あ、ご、ごめん。けど、どういうこと!?　オレ達、ただ異世界に飛ばされた高校生コンビニバイトだぞ？　新商品なんか思いつけるセンスと技術あるか？」

「そーなのよ。とりあえず、〝異世界ならでは〟ってことで、色んな常連から、色々異世界の食材取り寄せてはみたんだけど、全然うまくいかなくてさ」

チラッ。

そこで、九条が、こっちに視線を向けてきた。

「え？　な、何？」

「あんた、確か、ゲームとか好きだったわよね？　いせかいファンタジーとか。そういう、いせかいならでは、なこと」

「え？　あぁ、まぁ……確かに、今いるメンバーの中じゃ、一番、異世界ロープレとかやってる方だけど……」

そこまでオレが答えると、九条は、ガッ！

オレの腕《うで》を強引《ごういん》に引っ張り、オレをパイプ椅子《いす》に無理やり座らせた。

「ええ!?」

「手伝え！　これ、私、ＡＭに、明日《あした》の朝までに送るって確約しちゃったのよ！　今日、勤務終了後、もっかいメニュー考えるから。あんたもソレ手伝って！」

「は!?」

「それ出来たら、店の評価もけっこう上がるっていうし！　だったらやるしかないでしょ!?」

「マジで……!?」

一瞬《いっしゅん》、疑うオレ。

あのAMが、そう簡単にそんなことで店の評価あげてくれるかな……⁉　なんか適当なこといって、オレ達騙《だま》そうってんじゃ……！

と思ったが、

「さぁ、やるわよね⁉」

オレが手伝うことを信じてやまない九条の眼差《まなざ》しを見てると、どうも断れそうにはなかった。

うぅ……仕方ない。

「わ、わかった。やりましょう」

「オッケ。そうこなくっちゃ。見せてやるのよ！　うちの店が、いかに本部にとっても有益かってことを……！　じゃ、シフト終わった後、ここにまた集合ね！」

こうしてオレの長い夜が……いやこういう場合、短い夜か。

短すぎる夜が、始まった……。

※

「で？　その、こっち世界の人が用意してくれた〝異世界ならでは〟なご当地食材って、どんなのがあるんだよ？」

時刻は二三時半。シフトはとっくに終わってたんだけど、バタバタしてたらもうこんな時間になってしまった……。

まあでもやるしかない。さしあたり、その辺からオレは聞く。

「ま、たとえば、こういうのね」

いいながら九条は、自分の脇《わき》にあったダンボールから、ゴソ……金ののべ棒のようなものを取り出した。

「？　何コレ」

「オリハルコン、だって」

「あー、オリハルコンね、オリハルコ……」

オレは絶句した。

「オリハルコン⁉　これぇ⁉」

「え？　う、うん。これを渡《わた》した人からのメモだと、そういう風な名前みたいだけど……何よ、有名なの？」

「有名だろ⁉　ていうか食材じゃないだろ⁉」

いや、知らないよ！

オレのファンタジー知識とか、所詮《しょせん》ゲームで得たものばっかだし。

この異世界でのオリハルコンは、日本でいう……うぅんなんだろ、パルミジャーノ・レッジャーノみたいな立ち位置、&、希少価値くらいしかない可能性もあるけど……

「メモには……

〝金五トンと一〇〇年の歳月と引き換《か》えに僅《わず》か五キロしか作られない世界最希少の金属。別名、神の金属とも呼ばれ、主に伝説の武器の作製などに使われる〟

って書いてあるわね」

「やっぱ食材じゃないし超《ちょう》希少品だった！」

オレは腰《こし》を抜《ぬ》かす。

オリハルコンだった！　このオリハルコン、オレの知ってるオリハルコンとほぼ同じオリハルコンだった。

「で、使い方よくわかんないから……とりあえず、おろしがね使って、粉チーズみたいに粉状にして、カルボナーラに振《ふ》りかけてみたわ」

ゴトッ。

いいながら、唐突《とうとつ》に、湯気立つ、なんかキラキラしたものがかかってるカルボナーラを見せてくる九条。

「え……ええええ」

オレは悲鳴を上げた。

「ええ!?　カルボナーラにかけたのか!?　オリハルコン!?」

なんてことしやがる！　この女！　ファンタジー冒瀆《ぼうとく》してるにもほどがある……！

「何よ。問題ある？　ま、形としちゃ、一番チーズに近いし。ちょうど、オリハルコン製？のおろしがねも入ってたし。妥当《だとう》でしょうが」

「妥当じゃないでしょうが……!?」

オレはいきなり気を失いかけている。

とはいえ、せっかく作ってくれたんだ。

とりあえず、オレは試食してみる。

ズルル……と一気呵成《いっきかせい》に口の中にオリハルコン・カルボを啜《すす》るオレ。

そこに広がった味は……

「カ、カルボナーラだ……」

オリハルコンをかける前とかける後。風味、味、何一つ一切《いっさい》変化のない……食べなれたカルボナーラの味がそこにあった。

「そーなのよ。味も匂《にお》いもまったく変わらない。無味無臭《むみむしゅう》。だから、まぁ、かける意味ないのよ」

「だったらこんな無駄使《むだづか》いするなよ⁉」

オレは断固抗議《こうぎ》した。

ちょっとでも異世界に明るい人間ならみな思うだろう。オリハルコンは、もっと大切に！

「ぼ、没。このメニュー、没な。ていうかオリハルコン全般《ぜんぱん》、やめよう」

いろんな意味でダメな部分多すぎる。オレは没を宣言した。ていうか、冷静に考えたら、これコストハンパじゃないカルボナーラになるよな……一つ何Gするんだ？

「ほ、ほか、他ないの？」

オリハルコンから目線を逸《そ》らすためにも。オレは聞く。

「他？　そうね。まぁ、この食材も、試《ため》してはみたんだけど」

いいながら、ジャララ、と九条が机にバラまいたのは……無数の、なんだろ。ピスタチオとかに似た、皮のついた豆。いろんな色や、形がある。

「こ、これは……？」

「さぁ？　正式名称《めいしょう》ないんだって。ただ、

〝一粒《ひとつぶ》食べれば、力や、すばやさや、運のよさが向上する種〟なんだって」

「お、おお！　これ、いわゆる……ドーピング系アイテムか……！」

ゲームなんかにはよくある、そのアイテムを使うと、主人公達のパラメーターが上がって、しかもそのパラメーターは、一時的ではなく、そのまま永続的に上がったままになる……まぁまぁの貴重品。

「まぁ、貴重品は貴重品だろうけど、さっきよりはマシだな……ゲーム的な感覚では」

オレはいう。コスト面では、オリハルコンよりは、こっちのほうがまだ安くあがりそうだ。

「あ、そうなの？　じゃあ、これ、一応アリってこと？」

いいながら、再びオレに料理を差し出してくる九条。そこにあったのは、豆をすりつぶしてつくったらしい、豆の冷製ポタージュスープだった。

「え、ええ⁉　そういう〝種〟で豆のスープ作ったん⁉」

いちいち、驚《おどろ》く。

こいつ、ほんと、普通《ふつう》のゲームとかやってる奴《やつ》には想像もつかないようなメニュー考案するな……！

「まあ、でも、では、失礼して」

せっかく作ってくれたんだ。やはり食べざるをえまい。

オレは、一口飲んでみる。そこに広がっていたのは、

「お、おお……!?」

カッ！

オレは目を見開いた。

冷えた豆特有の甘みに、少し多めに入った塩のしょっぱさ。ちょっとオリエンタルで濃《のう》厚《こう》な味がするんだけど、それを乳製品のマイルドさがうまく中和していて、その、なんだ……

このポタージュ、普通に美味《うま》い！

「う、美味いじゃん……！」

「当たり前でしょバカ。私がつくったんだから。味はいいに決まってる。ただ、このスープ、ちょっと問題もあるのよ」

嘆息《たんそく》まじりに、悔《くや》しそうにいう九条。

「問題？」

「うん、このスープ、実は、さっき店長代理にも試食させてみたのよ。けど、食べてしばらくしたら、苦しみだして、こんなになっちゃったんだよね」

いいながら、スマホを取り出し、ある一枚の写真をオレに見せてくれる九条。そこに写っていたのは――

緑色の筋肉ムキムキで、服を破って突《つ》っ立《た》っている、アメコミ映画のキャラクターみたいな体格の男……。顔に僅かに店長代理の面影《おもかげ》がある……！

「おぃぃぃ!!」

オレは絶句した。

「店長代理、ガンマ線喰《く》らったヒーローみたいになってるじゃないか！　え、何!?　オレもこうなんの!?」

「なんないわよ、落ち着きなさいバカ。全部飲んだらこうなるみたいで、少量なら大丈夫《だいじょうぶ》みたい。私も味見で飲んでるし。

まぁ、このポタージュ、相当の数の豆使うし。一人前、一〇〇粒くらいかな？　一気に摂取《せっしゅ》したら、あんまよくないってことね」

「ひゃ……」

オレは絶句する。

確かに、一気に摂取したら、絶対やばいことになりそうだな……！

ていうか、店長代理、悲惨《ひさん》すぎる……。

「一応、この豆、加工したら、効果が永久に続くんじゃなく、一時的なものになるみたいだから。店長代理ももとには戻《もど》ったけど。これ、新商品に使うのは、あんまりみたいね」

「うん！　わかってるなら出さないでくれ⁉」

オレは全力抗議！

これ売ってるコンビニが日本にあったら。薬物法とか倫理《りんり》的な問題とかで、即《そく》書類送検とかされそう……。

「バカ、一応広く意見聞きたいでしょ。で？　どう？」

「これ、没！　このメニューとこの食材、没で！」

「うーん、異世界っぽい新商品メニュー。難しいわねぇ」

悔しそうにいう、九条。

なるほど、確かに。こりゃ、思った以上に難航しそうだわ……。

※

「あ、あとは？」

こんなグダグダしているうちに、時計の針が午前二時を回っていた。

「あとは……、一応、スイーツもいいかなって思って。草もちとか作ってみたけど」

いいながら、ドサッ。オレの目の前に、今度は葉にくるまれた緑色の餅《もち》……草もちを出す九条。

「き、急に純和風……」

てか、こいつ、何気に料理何でもつくれるな。

「で、では、いただきます」

オレは、試食してみる。

なんかだんだん毒見してるみたいな気分になってきたな。

食べてみると……うん！　うまい！

かなりクオリティの高い草もちだった。

中のあんこや皮のやわらかさもさることながら、この、巻かれていた葉っぱによる香《かお》りがとてつもなく、良い。なんか、嗅《か》いでるだけで元気になりそうな……。

「これ、なんの葉っぱ使って作った餅なの？」

なんかだいたい予想つく気もするけど、もん、もん、ともちをかみ締《し》めながら聞く、オレ。

「えーと。世界樹の葉っぱだって」

「ほらな……！」

もう驚かなかった。こいつのファンタジー世界の貴重品に対する冒瀆にはもう慣れた。

「メモによると、

〝死者に食べさせれば、魂《たましい》を繋《つな》ぎとめることが出来る葉。

但《ただ》し、生者が食べても何の意味もない食べ物。

世界樹の頂上に、年五枚しか生えない〟だって」

「やっぱもったいなさ過ぎる⁉」

クールに流そうかと思ったがムリだった。

てか、そもそも、年五個しか作れない草もち、どうやってコンビニで新商品化するんだ⁉

今試食したり、九条も味見したりして、もう既《すで》に今年の分二枚は使っちゃってるんだぞ……⁉

「あ、あのさぁ……」

オレは、みかねて、提案した。

「〝異世界ならでは〟の方向性、ちょっと変えるってのはどう？」

「方向性かえる？」

不審《ふしん》に聞き返してくる九条。

「う、うん。つまりさ――こういうこと」

いいながら、オレは、手元にあったルーズリーフに、ちょっと弁当の設計図的なものを書いた。

そこに書かれた設計図は……我ながらよく描《か》けている。

「つまりさ」

オレは、その設計図を見せながら、九条にいった。

「〝異世界ならでは〟って。別に異世界食材使わなくても。異世界を喚起《かんき》させせられる商品だったら、なんでも良いんじゃない？　たとえばこれみたいな……」

オレは、弁当箱の中に三重丸を書き、一番外周の円が、森をイメージした、ブロッコリー等でつくられたゾーン、その中の円を、土の地面をイメージしたケチャップライス、そして最も中心の円に、聖剣《せいけん》エクスカリバーをイメージした骨付きチキンが突き立っている弁当の図を九条に見せる。

「『これを抜《ぬ》けば君も勇者？　聖剣エクスカリバー弁当』。こういうのなら、普段《ふだん》どこにでもある食材で、異世界ならではの弁当考えた、ともいえるじゃん」

「む、むぅ……!?」

イメージイラストをみた九条は、ちょっとビビッたように後ずさりながら、いう。

「あとは……これとか」

オレは、もう一つ、ルーズリーフに書いたものを見せた。

そこにあったのは——まるまると太った皮付きの肉、その中心を犬が嚙んで遊ぶような骨が貫通《かんつう》している、いわば〝まんが肉〟。

「むむむ……！」

九条が、目を見開く。

「『冒険《ぼうけん》者が、森の中でキャンプしながら、食べそうな肉』。これなら、チキンでも焼けば、日本でもぎりぎり再現できそうじゃん？

あとは……」

オレはルーズリーフに、もう一つ、思いついたものを書いてみた。

ランチプレートの上に、小ぶりのビアジョッキ、固くてまずそうなパンに、切《き》れ端《はし》ばっかりの野菜を煮《に》ただけのスープのようなものがのったセットを書く。

「冒険者たるもの、常に金に困りながら、酒場でこういうまずい飯を食ってマスターに文句いわないとな。名づけて『冒険者の酒場ランチ』。

勿論《もちろん》、実際の商品では、まずそうに見えるだけで、パンなんかはけっこう質の良いものを使う」

「や、やるじゃないバカ反馬……！」

ルーズリーフを鷲《わし》づかみにし、もはや震《ふる》える九条。

「け、けど……！」

九条は、いいながら、チラッと横方向に目をやる。

そこにあったのは……

さっきから、異世界食材を取り出してきていた、ダンボール。

「ん？」

オレは、そこで、ピンと来る。

「もしかして……まだ異世界食材、諦《あきら》めてないの？」

「……………」

九条は一瞬《いっしゅん》黙《だま》った後、

「だ、だって。今までのはダメだったけどさ。もしかしたら。まだこの中にとてつもない大ホームラン食材があるかもしれないでしょ？」

「えぇ……!?」

オレは、ちょっと理解できずに、いう。

「う、うん。いや、まぁ、そうかもしれないけど。若干《じゃっかん》、リスク大きくない？」

オレは時計を見る。時間は、もう、三時を過ぎようとしている。

「締切、朝までなんだよな？　今いった奴《やつ》の完成度上げて、コンペ用に整えていったほうが無難だと思うけど……」

「…………。でもさ。コンビニってさ」

九条は、ぽつり、という。

「コンビニってさ。まぁ、なんていうか……普通《ふつう》の人、そんなこないじゃん！」

九条は、なんか、必死にいう。

「普通の人は、スーパー行くじゃん。コンビニに来るのは、そういうスーパーとかいってる余裕《よゆう》ない……忙《いそが》しかったり、元気がなかったり、めんどくさかったり、まぁ、そういう人じゃん」

さらに、余裕のない表情で、続ける。

「う、うん」

まだよくわからないけど。オレはうなずく。

「そういう人達にさ。そういう人達だからこそさ。時間なくて、疲《つか》れてて、だるがりながらコンビニに来たそういう人達だからこそさ……コンビニで買ったお弁当で。思いがけない美味《おい》しさとかを贈《おく》って、そこで、元気にしたいじゃん⁉」

そして九条はいうのだった。

「ま、うち、お父さんが普通のサラリーマンで、コンビニ弁当よく食べるから、そう思うだけなのかもしれないけど。んー、まぁ、だから。うまくいえないけど。こう……妥協《だきょう》したくないのよ⁉」

必死にいう九条。

「…………………」

オレは、本気でビックリしていた。

前から、薄々《うすうす》思ってたけど。

「お、お前ってさ」

オレは思わずいってしまう。

「ほんと、実は、めちゃくちゃ心優《やさ》しいよな？」

「はぁ⁉」

その瞬間。九条は真っ赤になって反応した。

「ど、ど、どこが！」

早くも、ペットボトルを握《にぎ》りながらいってくる九条。

「い、いや、だってさ！　要するに、忙しくて疲れてる、お父さんに少しでも美味しいも

の食べてもらう為《ため》にも。もっと時間ぎりぎりまで頑張《がんば》ろうって話だろ？　めちゃくちゃ家族想《おも》いでめちゃくちゃお父さん想いじゃん」

「はぅ、ち、ちが……！」

九条ははは慌《あわ》てふためき、そしていよいよ進退窮《しんたいきわ》まった、という表情になったかと思うとペットボトルを捨て……

ゴッ！

いきなり、事務所の机に、ヘッドバットした。

え、えぇっ⁉

「見た！　これでもいえる⁉　私のこと優しいって！　これでもいえる⁉　いえないわよね⁉　私優しくないわよね⁉」

額から流血しながらいう九条。

「あ、は、はい……優しくないです」

オレは頷《うなず》く。

わ、わからん。こいつの、この〝優しい〟っていわれることへの異常な拒否《きょひ》反応はいったい何なんだろう。

よくわからないけど、過去に、何かあったんだろうか？

そういう……なんか一種の〝呪《のろ》い〟みたいのにかかっちゃった、何かが……？

「とにかく。別にそんなんじゃないけど。もうちょっと、異世界食材も試《ため》したいのよバカ反馬！　いいから、さっさと手伝いなさいよ！」

「…………」

オレは、事務所にかけられていた時計に目をやる。三時一五分。残り二時間弱……。

「わ、わかった。じゃあ、もうちょっとだけだぞ……」

保身。可能性。打算。安全策。いろいろ考えた末、オレは九条の提案に頷くことにした。

「よし。ま、当然だけど」

「あんまりよくないけど。まぁ、気持ち、わからんでもないし」

せっかく異世界に来てるんだ。最悪の場合の保険策もあるんだし。確かに、何かめちゃくちゃ美味《うま》い新商品とかに繋《つな》がるかもしれない食材があるなら。もうちょっとチャレンジしてみても良いか。

「けど、企画書《きかくしょ》清書する時間も考えると、使える時間、一時間半くらいだし。四時半まで頑張って、何にもたどり着けなかったら、オレのさっきの案でなんとか凌《しの》ごうよ」

「思いつくに決まってるわ……。よし、そうと決まれば、さっさとやるわよ!?」

目をギラリと輝《かがや》かせ、頷く九条。

こうして、オレ達二人の深夜の新コンビニ弁当作りは、僅《わず》かな可能性に望みを託《たく》し最後まで色々足掻《あが》くという、ラストスパートに入っていく――

※

その後、オレが、ダンボールの中から、オタク知識を活《い》かして、まだ食べられそうなものを選択《せんたく》（というより、オリハルコンとか、絶対食べられなそうなものを除去）。

九条が、その食材を調理して、オレに試食させる――

その二人態勢で、オレ達は、次々異世界の食材に挑戦《ちょうせん》。
・神の霊薬《エリクサー》をオリーブオイル代わりにして、パスタと唐辛子《とうがらし》を一緒《いっしょ》に炒《いた》めてみたエリクサー・ペペロンチーノ
・異世界トカゲの黒焼き弁当
・食虫植物の触手《しょくしゅ》をお湯で湯がいてソーメンツユと一緒《いっしょ》に食べる、触手ソーメン
・『天まで届く木が育つ豆』でつくったポークビーンズ
・『デーモンリップの唇《くちびる》部分』を明太子《めんたいこ》ソースで和《あ》えておにぎりに入れた、明太風唇入りオニギリ
色々試すものの……中々……アタリは出ない。

「『はぁぁぁぁぁぁぁぁぁぁぁぁぁ』」

まったく光明すら見えない状況《じょうきょう》に、オレ達はさすがに疲労《ひろう》感を募《つの》らせる。

時計を見る。もう四時半前か……！

「な、中々難しいじゃない、異世界ならではの、美味い食材……！」

ガクリ、と若干の諦めムードを纏《まと》いつついうのは九条。

「う、うん……まぁ、でも、ここまできたら、もうちょい頑張ろうぜ？　次は……これなんかどうだ？『竜《りゅう》の髭《ひげ》』」

オレは、ダンボールの中から、しなしなになっている、ちょっとした指示棒くらいの大きさはある髭を取り出した。

「髭……。髭なんか料理したことないけど。しなしなだし。じゃ、昆布《こんぶ》みたいに、これで出汁《だし》とって、豚汁《とんじる》でもつくってみましょうか」

「『竜の髭』の豚汁……!?」

なんかもう結局なんなのかよくわからん料理だけど。

いいながら、手早く料理をつくっていく九条。

そして三〇分後くらいには、その〝『竜の髭』の豚汁〟が完成する。

そしてその完成した豚汁を一口食べて、

「ん？」

「え？」

オレと九条は、その瞬間、顔を見合わせる。

「「こ、これは……!?」」

※

【新商品開発ご提案企画《きかく》について】


平素よりお世話になっております、商品開発部の森と申します。

さて、この度《たび》は、貴重なご意見ありがとうございました。

今回ご提案いただいた『竜の髭の味噌汁《みそしる》』、大変興味深く拝見させていただきました。

元来、炙《あぶ》って食べるか、粉末状にして薬膳《やくぜん》用にするかくらいしか使い道がないとされていた異世界食材『竜の髭』を、日本らしい調理法、「直接食べるんじゃなく、水に、その旨《うま》みを抽出《ちゅうしゅつ》して」使う――つまり出汁のような使い方をした結果、大変いいお味が出るということでしたが。

検討の結果、【落選】という形にさせて頂きました。

最終選考まで残させて頂きましたが、こちらの世界では、『竜の髭』の調達が容易ではないというのが理由です。

とはいえ、アイデア自体は非情に興味深いものでしたので、今後とも、次回企画《きかく》の際、また、お力をお貸し下さい。

よろしくお願いします。

商品開発部　主任　森

「あぁぁ……！」

三日後――

ＡＭづてに回ってきた、そのＦＡＸの内容に、オレと九条は全力で落胆《らくたん》した。

「ダ、ダメだったかぁぁ……！」

まぁ薄々は気づいてたけど。やっぱり、ガチな異世界食材使用料理だと、コスト面とか、食材調達って面で、若干《じゃっかん》査定マイナスになるよな。

「あーあ……。まぁ、でも、一応、最終選考まで残ったってことで。さすがのＡＭも、若干、評価してくれるってさっきいってたらしいわよ。店長代理に」

嘆息《たんそく》混じりながらいってくる九条。嘆息交じりだが、その口調は、いつもよりどこか優しい。

しかし、あのＡＭが？

あの人、うちの店のこと、いっそ恨《うら》んでるんじゃないかって感じだから、中々そんなことないんだけど……じゃあ、オレ達、よっぽどいい結果出したってことなんだな。

「次回があったら、リベンジするからね⁉」

そして、九条はさっそく息巻いている。

「うん。まぁ、次回があったら、次回もいちおう、手伝うわ、オレ……」

散々試食させられて大変だったっていえば大変だったけど、なんだかんだやりがいもあったし。深夜二人で作業して、九条の意外な一面も知れたりして、有意義といえば有意義な一晩だったしな……。

「あ、そう？　そういえば、昨日、また異世界のお客さんが差し入れしてくれてさ」

するとと九条がいった。

「ちょっと違《ちが》う方向性ってことで。なんか、この前いったクエスト？　で潜《もぐ》った古城で手に入れた、呪《のろ》われたフライパンと呪われた包丁くれたのよ」

ゴトッ、と机の上に、なんか、青白い怨気《えんき》みたいなのが立ち上る包丁とフライパンをおきながら、九条。

「ちょっとやばそうだけど、これで調理したら、うまくいけば逆転ホームランでなんか美味になったりするかもしれないいし。反馬、早速いくわよね!?」

「あ、い、いや……それはまた次回にしよう!?」

少しずつ離《はな》れながら、オレ。

「新商品だけじゃなく。普段《ふだん》のコンビニ業務も、もっと頑張《がんば》らないといけないしな!?」

必死に命乞《いのちご》い……じゃなく説得を試みる、オレ。

「むぅ……？　ま、それもそうか……」

渋々《しぶしぶ》だが納得してくれる九条。
あ、あぶね。
次回も手伝うっていったけど。
出来れば、二回目、少しでも未来にやることになればいいな。
内心、必死に願い始めるオレなのであった……！

DEMON ELEVEN

デモン・イレブン
オススメ商品 vol.5

大盛り
ナポリタン

パスタはコンビニでは多数売られているが、中でもポピュラーなのがこの商品。大盛りがよく売られていて学生諸兄にとっては心強い味方。

開発人の声

ポピュラーって……。一見ポピュラーに思えるかもしれないこの商品にも、商品化までにけっこう苦労してるんですよ？

ていうか、最近、上司がほんと細かくて……。やれ安くしろ、量増やせ、けど保存量は使うなって……お前出来んのか！？

喉のここまで出そうになりますよ。

この前も、凄い画期的な豚汁のアイデアあったんですけど、コスト面の不安とか、くだらない理由でおじゃんになっちゃって……。あーあ、なんかそのうちドカンと一発どでかい花火あげたいなぁ。

商品開発部・M

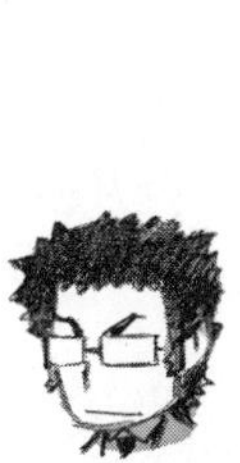

シフトⅥ　冥界軍団《めいかい》の来店

その日は、オレは朝番だった。

それは午前九時頃《ごろ》だったろうか。

朝のピークも終え、オレは、白雪《しらゆき》と勇気《ゆうき》と一緒に、商品スカスカ店内を必死に整頓《せいとん》していた。

その時だった。

ガー……！

店内の、自動ドアが開き、閑散《かんさん》とした店内に、誰《だれ》かが入ってくる。

一目見て、どうやら顔見知りじゃない客だということがわかった。

「っしゃいませー」

オレは、ちょうど入り口前のスポーツ新聞を整頓してたところだったので、声だけ出して、客から目を離し、作業に戻《もど》る。

しかし。

「おいおい。何他人行儀《たにんぎょうぎ》な声出してんだ」

「取り込み中か？　忙《いそが》しいところすまないな、トール」

次の瞬間《しゅんかん》。

入り口から聞こえてくる、そんな声。

「え？」

知り合いだったのか？

驚《おどろ》いて、改めて前の二人を見てみると――

そこにいたのは――

黒いくたびれたジャケットにネクタイを締《し》める、黒髪を逆立てた男と。

同じく、スカートではなくズボンを穿《は》き、黒くシックなジャケットを着こなす赤い髪の女。

（あれ？　どっかで見たことあるような……）

「おーい！　何ぼっとしてんだ！　バカヤロウ……また〝竜《ドラゴン》の怒り《・エクスプロージョン》〟でも見せなきゃ目ぇ覚めねぇのか⁉」

「不幸だ……どうやら私は、初恋《はつこい》の男、トールに忘れられたらしい……不幸だ……」

声を荒《あら》らげる男と、ヒュオオオオ……店内に風を巻き起こし始める女を見て、

「あ……あれ⁉」

ようやく目の前の二人が誰なのか頭が認識《にんしき》した。

「え？　勇者デインと……魔王《まおう》ベアトリーチェ⁉」

オレは驚く。

そう、そこにいたのは、格好こそいつもと違いすぎるが、まぁもうさすがに顔なじみといっていい異世界人……勇者デインと魔王ベアトリーチェだった。

あれ……⁉

でもこの二人。例のグダグダの面接の後。あの……リチャード三世とやらを手伝いにリチャードさんの国に行ってたんじゃなかったっけ？

「何いまさら気づいてんだ。今、ちょっといいか？」

「デモン・イレブン。お前達に少し相談があるんだが」

不思議に思っていると、二人は、オレに、そんなことをいってきた。

「相談？」

困惑《こんわく》し、勇気と白雪のほうを振《ふ》り返ると、二人もよくわからない、という風に肩《かた》をすくめている。

こうして。

〝ある意味〟デモン・イレブン史上最大規模の事件が、静かに始まったのだ……！

※

「実はあの後。リチャードの国の内乱平定してたんだけどよ」

コンビニ内、事務所。

長机に着き、うちが出したお茶を飲みながら勇者デインがいう。

二人は今回は、客として、ではなく、店に相談に来た他業種の方、みたいな扱《あつか》いだ。

店は白雪と勇気に任せているので、ここには、既《すで》に休んでいた店長代理と九条《くじょう》を叩《たた》き起こし、同席してもらってる。二人は文句いってたけど、ま、一応、店長代理とサブバイトリーダーだからな……。

「そこで……予想もつかない事態に巻き込まれてしまってな」

魔王が嘆息しながらいった。

「まず内乱が、その国の宰相《さいしょう》が黒幕だったたっつー驚天動地《きょうてんどうち》の展開だったんだ」

と、勇者。

あ、あぁ……。なんだろ。

ファンタジー世界に慣れきってしまってる身としては、宰相黒幕って、ベタ過ぎて、あんま驚天動地と思えないけど……まぁここは流しておこう。勇者は続けた。

「その宰相が。最後、苦し紛《まぎ》れに、なんか召喚獣《しょうかんじゅう》呼んで、徹底抗戦《てっていこうせん》しようとしたんだが……」

「どうやら相当未熟なやり方で召喚術行使したらしくてな。幻獣《げんじゅう》界とこっちを繫《つな》ぐはずの〝門〟が……わけのわからない世界と繫がってしまったらしいんだ」

「え…………」

オレ。

そして九条と店長代理も驚いた。

「まさか……」

「私達の世界と繫がったんじゃ……」

一瞬期待したが、

「その名も〝冥界〟」

どうやら違ったらしい。魔王の一言であっさり可能性は潰《つい》えた。

なんだよ……

ていうか。

異世界。ここだけじゃなく、他にもあるのかよ⁉

「んで、困ったことに。〝門〟が変に安定しちまって。しかも向こうは、こっちから侵略《しんりゃく》が始まったと勘違《かんちが》いしちまってな」

「まぁ、そこで一戦交えざるを得なかったんだよ」

嘆息混じりにいう、二人。

お、おぉ……なんか凄《すご》い展開になってんな。

「まぁ、とはいえ。むこうもこっちも馬鹿《ばか》じゃねぇ。

今、自分達に起こってんのが、不幸な行き違いだってことは互《たが》いに自覚はできてたんだ」

と、勇者。

「無駄《むだ》に戦争が多かったからな、この大陸は。むこうも似たような状況《じょうきょう》だったらしい。というわけで、ほぼ同時のタイミングで。むこうも私達も、一時休戦、和平交渉《こうしょう》を結ばないか？　その考えを提案しあったんだ」

魔王もいう。

「おぉっ……!?」

思わず身を乗りだす、オレ、そして今ので目が覚めたらしい、九条、店長代理。

い、いや、だって。

国と国の歴史が動こうとしてる瞬間の話、そりゃ、興味あるよな。

「そ、それで？」

「こちらは了承《りようしよう》した。が……むこうに一人。どーも頭の固いヤツがいたらしくてな」

嘆息《たんそく》混じりにいったのは、魔王。

ん？　頭の硬いヤツ？

「ああ。どうやら意地でも、こっちの世界との和平を結びたくないヤツがいるらしい。それで……向こうはまだ正式に返事を出せないでいるらしいんだ。

そこで、オレらは考えた。

そいつ説得する為《ため》にも。まず、オレらの世界の素晴《すば》らしさを知ってもらえばいいんじゃねぇか？　ってな」

「つまり、和平交渉の前段階となる、〝おもてなし会〟みたいなのを冥界人に開いて。冥界人に、こっちの世界のことをもっとよく知ってもらおうということだな」

と勇者と魔王。

「それで。話ってのは他でもねぇ。

その〝おもてなし会〟を、お前らにやって欲しいんだよ」

「………………。

ん？」

急に話がわからなくなった。

「え？　なんです？」

「ん？　いや、だから。明日、その〝おもてなし会〟やるから。デモン・イレブンに担当して欲しいんだ」

「は………………」

オレ達は一瞬固まり、

「はぁ⁉」

そして動き出した。

「な、何いってんです？　しかも、明日⁉」

「ど、どういうことだよ⁉」

「私達は話しあったんだ」

魔王は、いう。

「私達の世界で〝おもてなし〟にふさわしい。一番素晴らしい、一番良い、この世界特有のものはなんなのか……とな」

その言葉に、勇者も頷《うなず》き、

「八時間の激論の結果……オレ達は結論を出した。

オレ達の世界で。一番素晴らしい、一番良いもの。それは他でもない。

ここ、デモン・イレブン。

ここに置いてある商品とサービス、そして店員だとな」

「「い……いやいやいやいやいや！」」

オレと店長代理は同時に立ち上がって全力否定した。

「ちょっと待ってください！　冷静になってください！　この世界特有のものじゃないし！　ここ、むしろ、この世界から最も縁遠《えんどお》い施設《しせつ》ですよ!?」

「ダメだろ絶対に！　異世界代表がコンビニエンスストアって！　絶対ダメだろ！」

オレ達は必死にいうが、

「いや、間違いねぇ……。新参だろうが関係ねぇ。やり方なんか選ばねぇ。その時一番強い武器を選ぶのがオレ流だ。

向こうのハートを一番打つのは、ここ……この世界の魂《たましい》、デモン・イレブンなんだよ。

絶対間違いねぇ！」

「私も同じ感想を抱《いだ》いた。いざという時の私の勘《かん》は当たるんだ。それに本心からの気持ちだ。ここなら……絶対、冥界人《めいかいじん》達の気持ちをも溶《と》かすことが出来る！」

「だから頼《たの》む……明日来る冥界人を、全力でおもてなししてくれ！」

「いつも通りの営業でいいんだ。いつも通り、このコンビニの素晴らしさが伝わる営業をしてくれれば、冥界人の心も、きっと変わる！」

思いっきり頭を下げてくる勇者&魔王。

（ええぇ……!?）

「わ……わかりました……！」

オレ達は二大異世界スターの真剣《しんけん》さに圧倒《あっとう》され。

何がわかったのか。

絶対受けちゃいけないこの依頼《いらい》を、オレ達は、受けてしまう！

「マジかよ……！」

※

引き受けてしまった以上、全力でやるしかない。

その日、その夜、オレ達は、その〝頭の固い奴《やつ》一名を含《ふく》む冥界人達〟に、こんな素晴らしい施設があるなら是非《ぜひ》この世界と和平を結びたい……と思わせることの出来そうな、コンビニならではのおもてなしを考えた。

勇者と魔《ま》王《おう》は普《ふ》段《だん》どおりといったが、異世界人達にコンビニを浸透《しんとう》させた時も、最初は色々策を弄《ろう》さなくちゃダメだったし……今回も色々作戦考える必要はあるだろう。

「冥界人なんだし、やっぱちょっとジャンクなもの好きだったりするんかな……？　フライドチキンとか多めに揚《あ》げとく？」

「何いってんのよバカ！　冥界人が、ジャンクなもの好きって何よ、その偏見《へんけん》。昨今の冥界人は案外オーガニックかもしれないでしょ⁉」

「まぁ、フードメニューは俺に任せとけや。ちっとした秘策があっからよ……」

「にゃはっ。アタシも一個アイデアあるからやらせてくれー！」

「店長代理と勇気に秘策あり……と。じゃ、あと、フードメニュー以外はどうする？　日本のテクノロジーの結晶《けっしょう》、チケット端末機《たんまつき》でもオススメするか……？」

「い、いや、ここで日本のライブのチケットとか取っても仕方なくないですか？　日本の新木場《しんきば》とかが会場ですよね、それ？　それより塔子《とうこ》はこっちのほうがいいと思うなー」

「ほう……！」

とかなんとかいってるうちに、あっという間に夜が来て、朝が来て、昼が来て。

異世界と冥界。

二つの世界の命運を握《にぎ》る運命の会談の時間がやってきた。

それは壮観《そうかん》な光景だった。

※

デモン・イレブンのレジ前。

二つ存在するレジのうち、一つは通常営業で開けているが、今日のみ、オレ達は一つを少しの間だけ、冥界人用に確保していた。

そのレジの前。

その片側に、勇者・魔王。

その反対側には、その二人が連れてきた、冥界陣営《めいかいじんえい》が立っていた。

冥界人……確かに、異世界人とも魔族とも毛色が違う。

どことなく、地球でいうと、完全に独自の生態系を突《つ》き進んでいる、深海生物を思わせる気配があった。

冥界って海の中にでもあんのか？

ちなみに、今、そのメンバーが並ぶレジの前には、立会人ということで、オレと九条だけが立っていて、残りのメンバーは普通《ふつう》に他のお客さんに対応したり、今からやる接客の準備をしたりしてる。

「お招きどうも。異世界の諸君」

いったのは……冥界軍団の中でも一際《ひときわ》目立つ。威圧《いあつ》感のある髭《ひげ》をたくわえ、筋骨隆々の裸体《らたい》に首から海蛇《うみへび》を巻きつけている、蒼《あお》い肌《はだ》の巨漢《きよかん》の漢《オッサン》……！

「いえいえ。こちらこそ、わざわざこんなむさくるしいところに来ていただいて、冥王様」

「感謝しています」

代表して頭を下げる、勇者と魔王。

(め、冥王……！)

オレと九条はゴクリと唾《つば》を飲みこむ。

この人、冥界の王、つまり冥王だったのか……！

確かに威圧感あるわ。

この冥王、普通に考えて、その実力は勇者・魔王に勝《まさ》るとも劣《おと》らないハズだよな……オレ達も丁重《ていちょう》に扱《あつか》わないと。

(ちょっと)

そんな中。九条がオレの肘《ひじ》をつつきながら聞いてきた。

(ところでさ。〝頭の固いヤツ〟って、冥王のことでいいんでしょうね⁉)

(へ？　そりゃそうなんじゃないの？)

よく考えたら、その一番大事なターゲットが誰《だれ》か、まだ聞いてないぞ、オレ達。

どんだけバタバタした状態でおもてなし会開かせる気なんだよ、勇者、魔王……！

（〝頭の固そうなヤツ〟……か）

オレは一応、冥界人の陣営を見回してみる。

冥界人は、冥王含めて、全部で三人そこに立っている（店の外にはもうちょい居る）。

今ここにいるのは、冥王以外だと、鯨《くじら》のような見た目の巨体の戦士、そして……

（おっ？）

と——そこで、オレは、少し目を止める。

冥王以外にも、もう一人、〝人型〟の冥界人が居た。

とはいえ、こいつはこいつで、人目をひく風貌《ふうぼう》だった。

なんせ、まず、こんな国際会議めいた場所にいるには、幼すぎる。

デモンの面々を含めても、恐《おそ》らく最年少——勿論《もちろん》、相手は冥界人なので、実際の歳《とし》はわからないけど——見た目だけならまだ、一〇歳前後に見える。

性別は恐らく、男。鋼鉄のような血色の悪い顔色をしているけど、これで平常運転なのだろう。

短くおかっぱのように切りそろえられた蒼髪《あおかみ》、両の耳には、銛《もり》をかたどったような大ぶりなイヤリングをつけていて、なんか、退屈《たいくつ》そうに突っ立っていた。

目つきは、中々、ナマイキそうで、悪い。

「……あれ?」

と——オレは、その少年を見た瞬間《しゅんかん》。なんというか……ちょっとした、〝既視《きし》感〟を覚えてしまった。

あれ? なんか……アイツ?

「な、なぁ、九条……」

オレは九条に相談してみようとする。

「あそこにいる、あの子さ。オレとか、お前とか、勇気みたいにさ……」

聞こうとしたのだが、

「ではこれから、我が世界による冥界への〝おもてなし会〟を開きたいと思います」

それより早く勇者が開会を宣言してしまった。

「? 何よ。何かいった?」

「あ……いや、いいや」

まぁいいや。そんな重要なことじゃないだろうし。

オレもこの問題はひとまずスルーしておくことにする。

「この〝おもてなし会〟での主な目的は、オレ達の世界の素晴《すば》らしさを知ってもらうことです」

「そこで。私達が、最も信用する友であるこの〝デモン・イレブン〟の面々に。みなさまを歓迎《かんげい》する接客を〝三つ〟用意してもらいました」

パチンッ。指を鳴らす魔王。

あ……オレ達が出す接客〝三つ〟なんだ！

それも、たった今まで知らなかった。

良かった、念の為《ため》、色んなパターン考えておいて……。

三つなら、まぁ、対応できるメニュー考えてあるわ。

「九条。フォーメーションBだ」

「わかってるわよ！」

オレ達がいうと、九条が、店内にいたあの人に合図する。

「一番手は——俺だ！」

いいながら近づいてきたのは……

手に大量のおでんカップを抱《かか》えた男。

デモン・イレブン店長代理、自称《じしょう》人気声優——

真壁《まかべ》ケイタだった。

※

一発目。

オレ達がおもてなしに選んだのは、店長代理の強い推薦《すいせん》もあってまぁ満場《まんじょう》一致《いっち》で決定した商品――つまり『おでん★オールスターズ』だった。

まぁ、でも、確かに。おでんは日本でも人気商品だし。

異世界でも、この店を異世界の人たちに認知《にんち》させたって実績もある。

オレ自身も好きだし。

コンビニのよさを知ってもらう一番手として十分妥当《だとう》だろう！

「はぁ？　………なんだよこの……真っ白いつるっとした食べ物は……？　たまご？」

「ふむ……　〝ソーセージ巻き〟となな？」

そして――店長代理によってレジに並べられたおでんを目の前にした冥界人《めいかいじん》達の反応は、以前、異世界人に初めておでんを出した時と酷似《こくじ》したものだった。

「それらは、〝おでん〟という食べ物です」

そして店長代理によるおでん布教は始まった。

「おでんは、室町《むろまち》時代の田楽《でんがく》を発祥《はっしょう》にした、日本という国で作られた食べもので、」

そして発揮される驚愕《きょうがく》のおでん知識。

どんだけおでん好きなんだよ、店長代理!?

これ、演技とかじゃなく、もう、普通におでんオタクだよな、この人!?

店長代理はしばらく喋《しゃべ》っている。

「すごい……塔子も知らなかったです……」

店内のどっかから見てたらしい、白雪のそんな声も漏《も》れ聞こえた。少なくとも、おでんに関しては白雪以上の知識をもちあわせてるらしい、店長代理は。なんでだ？

「まあ、まあ、一度ご賞味あれ」

「ほう……」

「まぁ、そこまでいうのなら」

そしておでんを食べ始める冥界陣営。

その結果は——

「な、なんだ……この懐《なつ》かしい味は……!?」

まるで、異世界出店一日目の繰《く》り返しを見るような展開が、そこには待っていた。

「ありえん……なんだこの〝オデン〟の〝たまご〟の複雑かつ重層的な味わいは！　最初

の白い部分は淡白《たんぱく》——と思いきや。中の黄色い部分は驚《おどろ》くほどに濃厚《のうこう》だと!?」

まず叫《さけ》んだのは、鯨。試食した結果、まるで童心を取り戻《もど》したように純粋《じゅんすい》に驚きを顔に出している。

おお……!?

(あ、でも)

(肝心《かんじん》の冥王はどうなんだ……!?)

オレ達は、冥府の王たる存在、冥王に目を向ける。

冥王は……

その逞《たくま》しい身体《からだ》全体で、ソーセージ巻きを食べていた。そして。

キラ……

その優《やさ》しすぎる瞳《ひとみ》から。

あまりにも……あまりにも綺麗《きれい》な雫《しずく》を、一筋、こぼした。

(泣いたぁぁぁぁぁぁ!)

オレと九条は静かに叫んだ。

泣いた! また泣いたぁぁ!

何? 異世界人がおでんを初めて食った時は、絶対涙《なみだ》流すのがデフォルトなの!?

「美味《うま》い……！」

そして……

冥王は、静かに頷《うなず》いて、そういうのだった。

「なんだ？　この……野趣《やしゅ》溢《あふ》れる肉塊《にっかい》と、それをとりまく温かみのある茶色い壁《かべ》は。これは掛《か》け算ではない。ただの足し算。強い味と強い味を力ずくでただあわせたような……若さに任せた無謀《むぼう》な味つけ。しかし何故《なぜ》だろう……この味が……いまの私にはたまらなく染《し》みる。

美味い。美味いよ勇者君！　魔王《まおう》君！　それに……君！　おでんの男よ！」

そして感涙《かんるい》にむせびながら勇者と魔王と店長代理にそう宣言！

おお！

冥王に、ソーセージ巻き……おでんが認められた⁉

「どうよっ」

店長代理が、その獰猛《どうもう》な目つきで、ちょっと怖《こわ》いドヤ顔をこちらに向けている。

「い、いや、普通《ふつう》に凄《すご》いっす」

オレは小さく親指をたてて返す。

「悔《くや》しいけど。あの男の、おでんの客ウケの〝打率〟は認めざるを得ないわね……！」

九条もさすがに認めているようだった。

「どうです？」

そして、この機に乗じる気なのだろう。

勇者と魔王が動き出す。

「この〝おでん〟。これを魂《たましい》に刻んでいる世界。これが世界の〝核《かく》〟となっているのが、我々の世界なのです！」

「この地を攻《せ》めるということはおでんを攻めるということ。貴方《あなた》達は。それでも構わないというのか⁉」

一気呵成《いっきかせい》に勇者＆魔王。

い、いや。おでんが核の世界じゃないだろ、ここ⁉　そんな説得で大丈夫《だいじょうぶ》か⁉

「むぅ……それは避《さ》けたい……それだけは避けたい……！」

――と思ったけど。まぁ、なんか、効果は絶大だったらしい。冥王は葛藤している。まぁ、だったらいいけど。

みんなおでん好きだなー。

（なんか。これ、一品目で、勝負ついちゃったカンジ？）

その光景を見ながら、なんか楽観的にいったのは九条。

（確かに……なんか、思った以上に好調な出だしだな）

ていうか、冥界人、けっこう話のわかりそうな人達だよな……？

うん……あれ？

オレは、そこで、ふと思い出す。

あれ？　オレ、なんか一つ忘れてるような……。

「フン……！」

その時だった。

「不味《まず》いよ。これ」

まるで天からの声のように。

何者かの声が、やけに明瞭《めいりょう》に、冷たく、店内に響《ひび》き渡《わた》った。

※

声をあげたのは……

オレ達から見て、一番右端《みぎはし》。

コナマイキそうなガキ……一番、人間に近い姿をしている、あのガキだった。

「な、なにぃ……？」

いきりたったのは、店長代理。

「お、おい待てお前。ガキだと思って、お前に出したのは一番のオススメ……おれが丹誠《たんせい》こめて仕込んだ〝ちくわ〟だぞ？

お前ほとんど食ってねぇじゃねぇか!?」

おでんのこととなると止まらないらしい店長代理が、子供を追及《ついきゅう》。

確かに。その子供の前のカップを見ると。ちくわは、ほとんど減っていなかった。

「な、なにが気に入らなかったんだよ？　いやなら、じゃ、たまご食ってみろ、たまご。いや、ちょ、奇《き》をてらいすぎた俺が悪かったわ。子供には子供らしく、普通にたまごよそえばよかったな!?」

そしてどんだけショックを受けてるのか、ブルブル震《ふる》えながらおでんの什器《じゅうき》へたまごを取りにいこうとするが、

「いや、いい。もう食べる気しない」

少年は、一蹴《いっしゅう》。

「い、いや、しかしグレン王子……これは中々の逸品《いっぴん》ですぞ？」

その少年――どうやらグレン王子というらしい――てか、王子なのか……――に、鯨《くじら》戦士が声をかけているが、

「うるさい。とにかく不味いんだ。ねぇ父ちゃん、父ちゃんもまずいと思うでしょ？」

そのグレン王子は、父ちゃん――つまり冥王に、そんなことをいう。

「む？　むぅ……」

すると――冥王は、一瞬《いっしゅん》迷ったような声をあげたが、

「ま、まぁ？　確かに？　グレンがいうなら、まずかったような気もしてきたのぅ……」

意外に弱腰《よわごし》なことをいいだした。

「え、えええええええ……!?」

ガクリ。店長代理が地面に這《は》い蹲《つくば》った。

（えええええ……!?）

それを見ていたオレ達もショックを受ける。

「あ、あの、冥王様」

そこで魔王が声をあげる。

「以前も思ったのですが。他の九九％が白といっても、そちらのおぼっちゃん……グレン王子が黒といえば、黒とする。和平も反対といえば反対になる。そのスタイルは少し問題がありませんでしょうか？」

（え……えええええ!?）

その言葉に、オレは衝撃《しょうげき》を受けた。

あ……そういうこと⁉

和平に反対してるの。冥王じゃなく。冥王の息子《むすこ》……グレン王子だったの⁉

「し、しかしのう……それでグレンに嫌《きら》われるのは絶対避けたいしぃ……」

しかし、勇者の追及に対する冥王の答えはそんなもの。

オィイ、見た目によらず、とんだ弱腰教育だな、冥王！

「フン……とにかく、これは認められないから」

そして王子は冷徹《れいてつ》にいうと、おでんのカップをレジに置いて、自分はもう食べないことを明確に示す。

「と、透《とおる》！」

その時だった。

勇者が、こっちに叫んだ。

「まだだ！　まだ終わらねぇよなぁ⁉」

額に汗《あせ》し、豪快《ごうかい》にいってくる勇者。い、いや、そんなラスボス戦みたいなテンションで鼓舞《こぶ》されても、オレ達コンビニ店員なんだけどなぁ⁉

「わ、わかりました。次は……」

DEN

陽気に現れたのは、次鋒《じほう》、野宮《のみや》勇気――

「にゃははは！　呼んだかー！」

と、九条。

「勇気！」

※

「アタシが見せるのは……これだぜい！」

いいながら、勇気はヒュン、ヒュン、ヒュン……

三つの飲料を、鯨、冥王、グレンに投げて渡した。

「お、おお!?　熱っち!?」

いいながら、慌《あわ》てて受け取る冥界陣営《めいかいじんえい》。

その冥界陣それぞれの手に渡ったのは……缶《かん》コーヒー、ペットボトルのミルクティ、そしてペットボトルの〝あったかい〟うぉーいお茶だった。

即《すなわ》ち……ホットドリンク攻め！

「ぶ、無礼者！　我々が熱攻撃《こうげき》に弱いと知っての狼藉《ろうぜき》か！　お下がりください、王、王子！　ここは私が……！」

鯨が、すわ乱闘《らんとう》か、という勢いでくってかかろうとしたが、

「いや——待て。どうやらこの女に敵意はなさそうだ。見ろ、このあまりに毒気のない笑顔《えがお》を……こやつが我々に危害を加える気とは到底《とうてい》思えん」

グレンが絡《から》まなければ、どれだけ優秀《ゆうしゅう》な王なのか、冥王が思慮深《しりょぶか》い声とともに部下を止める。いや、常時そのモードでいてくれよ……。

「にゃっはは！」

さて、なんか馬鹿《ばか》にされてんのか褒《ほ》められてんのかわからない言い方をされた勇気本人は、その毒気のない笑顔を全開にし、

「そうだぜ。敵意なんか無い無い！　ま、とりあえず、一杯《いっぱい》やってみてくれりゃわかるって。

そのリングに指ひっかけて引っ張ったり、上のキャップひねりゃ中《なか》の飲みモン飲めるからさ」

異世界人に、あったかい飲み物の飲み方をレクチャーした。

「ふむ……」

パキッ。キュッ。

なんだかんだ、いわれたとおりにそれぞれの飲み物のフタを開ける冥界陣営。

すると。

「「!?」」

冥界陣営が、電撃でも浴びたようなリアクションを見せた。

「な、なんだこの缶コーヒーとやらから漂《ただよ》う匂《にお》いは？　鼻の……鼻の奥に、リラックス……興奮……情熱……南の大陸にある豆畑の光景……様々な単語や景色が広がる……！」

愕然《がくぜん》という鯨。さっきから思ってたけど、この人、リアクションけっこういいなー。

「にゃはは。匂いもいいけど。味もいいんだぜ？　飲んでみ、飲んでみ？」

勧《すす》める勇気。鯨と冥王は顔を見合わせ……

冥王が、覚悟《かくご》を決めたように。手元の飲み物を飲む。冥王のはうぉ～いお茶だ。すると

――

ガクッ。冥王は床《ゆか》に片膝《かたひざ》をついた。

「馬鹿な……力が……力が抜《ぬ》ける……？」

朦朧《もうろう》という冥王。

「殺意。憎悪《ぞうお》。疑心。孤独《こどく》。すべてが……すべてが一瞬にして氷解するような……？　あったかい『うぉ～いお茶』……？　なんという温かみに満ちた液体だ。神がつくった飲み物か？　少なくともこれを作った者は、只者《ただもの》ではない……」

そしてわなわな震える冥王。

『うぉ〜いお茶』すげぇ！　冥王を一撃で虜《とりこ》にした！

「にゃはは！　な？　いいだろ、コンビニのホットドリンク。今のコンビニは、夏でも、一部除いてだいたいのラインナップ売ってるし。どんなヤなことあった時でもさ、そういう、あったかい飲みモン飲んで、たらふくメシ食って、好きな音楽でも聴《き》いて、あとは風《ふ》呂《ろ》入って寝《ね》ちまえばいいのさ！　そしたら、だいたい、心も身体《からだ》も元気になるってもんさ！」

バンバン、鯨の肩《かた》なんか叩《たた》きながら、心底嬉《うれ》しそうにいう勇気。

鯨は恐縮《きょうしゅく》です、とかいいながらいつのまにか勇気にぺこぺこしてる。

勇気は相変わらず男前だなー。

「…………」

そんな勇気を見てて、隣《となり》の九条が、少し、口をつぐんだ。目も、ちょっと潤《うる》んでいるのがわかる。

ま……これは、見て見ぬフリしておこう。こいつら、従姉妹《いとこ》だし、やっぱ特別な絆《きずな》、あるんだろうしな。

「グレンーお前はどうだー？」

そして。

さすが勇気は、どんだけフランクなのか。

次は、冥界の次期王たる存在グレンの頭に手をやり、ぐしゃぐしゃやりながらざっくばらんに聞く。

「ミルクティ、うまくねぇかー？」

いつのまにか、なんだかんだキャップを開け、ミルクティを飲んでいたグレンに聞く勇気。

「うわ、よせ、やめろよ……！　まずいよ！　なんだよこれ、この茶葉の香《かお》りと乳成分がちょうどいい感じにブレンドされた甘くてちょっとホッとするような飲み物は……父ちゃん！　これもまずかったよな⁉」

なんか必死にいうグレン。いや、お前、もう褒めてない⁉

「うむ――。息子よ。まったくひどい味だった」

グシャッ。圧倒的《あっとう》握力《あくりよく》でうぉーいお茶を握《にぎ》りつぶす冥王。オイ冥王！

まぁ、この人、うますぎたのか、とっくに中身飲み干してるから、ペットボトル潰《つぶ》しても、エコに協力してもらえてありがたいだけなんだけど！

「ほらな。父ちゃんもまずかったって！　もうあきらめろよ⁉」

なんとか勇気のぐしゃぐしゃ攻撃から逃《のが》れながら、グレン。

それに対し、勇気は、何故《なぜ》か満足そうに笑う。

「……そっか。ならいいや。けど、また、いつか飲みたくなったらアタシにいえや！。一回くらいなら、ごちそうしてやるからよ」

バンバン、グレンの背中を叩きながらいう勇気。

「お、お前の世話になんかなるもんかっ！」

それに耐《た》えながら必死にいうグレン王子。

「トール！」

その時だった。店内に声が響《ひび》き渡《わた》る。今度は魔王《まおう》である。

「おもてなしの秘策……まだあるハズだな⁉」

一〇〇に一つの可能性を信じるような、信頼《しんらい》しきった目でこちらを見てくる魔王。うっ……！

そ、そうだよな。勇気はなんか満足顔だけど。今のも、結局、グレンにコンビニ……つまり、こっちの世界を素晴《すば》らしい、っていわせるには全然至ってないわけだし。

勇者・魔王的には、これじゃダメなわけで。

「お。お任せください」

とりあえず頷《うなず》くオレ。

一応、こんな時の為《ため》に、まだ矢は用意してある……！


「やれやれだぜ。……ですね」

そして。勇気と入れ違《ちが》いで登場するのは、最後に控《ひか》えていた女……白雪塔了だ。

「まったく。私は本来こんなところに来てる場合じゃないんですよ？　論文二つも抱《かか》えてるし、新興国のウェブビジネスについての本も監修《かんしゅう》しなくちゃいけないってのに……」

いいながらも、さすが、しっかり準備してきたらしい。

白雪は、色々、冥界人にコンビニをプレゼンする為の商品を持ってきていた。

「私がおすすめするコンビニの側面は、この辺りです。

〝急な出張や旅行にも対応！〟お泊《とま》りグッズ」

いいながら、レジに商品を置いていく白雪。

そうそう、白雪が提案したの、これだったんだよな。

「ほら、冥界のみなさん。塔子なんか、下手したら週、四、五回、海外とか地方にも行かなきゃならないから、ホテルなんかしょっちゅう泊《と》まってるじゃないですか？」

「いや……」

「し、知らんが……？」

冥界陣営をたじろがせながら、しかし白雪は語り続け、

「そんな時。本当に頼《たよ》りになるのは、地方だろうが海外だろうが確実にあって、色々不足してたり忘れてきたものを補ってくれる、〝日用品店〟としてのコンビニなんですよ」

そういいながら白雪が置いていったのは、メイク落としやらストッキング、白無地のTシャツに胃薬……確かに、旅行する時、もし自分の鞄《かばん》に入ってなかったら困りそうな色々なアイテムだった。

「たとえばみなさん、今日、どこ泊まるんです？」

ふいに聞く白雪。

その問いに、冥界トリオが顔を見合わせている。

「どこって……」

「どっかその辺の宿屋、か？」

「じゃあ、寝巻《ねま》きとか持ってきました？　あとスリッパとかも。こっちの世界の宿屋って、そういうのあんまり用意してくれないんでしょう？」

と、白雪。

「なんてこったッッ……！」

　すると。

　鯨《くじら》戦士と冥王《めいおう》が、敵軍に関所を突破《とっぱ》された将軍のような表情で天を仰《あお》ぐ。

　ええっ⁉

「忘れてた……！」

「このままでは、この鎧《よろい》を着たまま、窮屈《きゅうくつ》に寝なければならない。ぜんぜんリラックスできんぞ……！　この世の終わりだ」

　深刻な表情で落ち込む冥界陣営《じんえい》。

　そこまで⁉

　意外にリラックスとか大事にする人達なんだな、冥界人……！

「そこでコンビニの出番ですよ。今日、Lサイズの Tシャツと、メンズの短パンと、スリッパ買ってってください。最近のは物もいいですから、冥界帰った後も十分使えますから。あと意外にコンビニってトランプとかちょっとしたパーティゲーム売ってるの知ってました？　今日、夜、みんなでやる用に一ついかがです？　ウノもありますよ」

　いいながら、勝手にどんどんレジのスキャナーを通していく白雪。

　おいおい！　お前そんな勝手に……！　と思ったが、

「六〇五三Gです」

「そ、そうか……意外に安いな。助かるぞ小娘《こむすめ》」

冥王は、胸元《むなもと》から財布《さいふ》を出して意外に素直《すなお》にお支払《しはら》いしようとした。

あ、買ってくれるんだ!?　しかも通貨一緒《いっしょ》なんかい！　元は同じ世界か何か？

「ちょうど寝巻きが欲《ほ》しかったところだ。この蛇《へび》、重くてな。夜は脱《ぬ》ぎたいんだよ」

照れくさそうにいう冥王。あ……その蛇、服だったんだ……。

「父ちゃん！」

しかしその時。

またあの声が響く。

「何普通《ふつう》に買おうとしてるんだよ!?　だいたい、異世界でそんなラフな格好で寝ようなんて正気!?　寝込み襲《おそ》われたらどうすんの？　オレ、死んじゃうかもしれないよ？」

「むっ……罠《わな》か!?」

瞬時《しゅんじ》に財布をしまう冥王。意思……弱っ。

「これで分かったろ！　それは必要ない。ていうか、今日出された三つの接客、全部必要ないし、つまり、こんな店、全然凄《すご》くない。

こんな店しかないこの世界と、和平なんて必要ないね！」

冷たく言い放つグレン王子。

「そ、そんな……!?」

その結果に、ガーンと素直にショックを受けているのは白雪。

「ちょ……ちょっと待ちなさいよ！」

そこで声をあげたのは、九条。

「あんた！　さっきから何なのよ!?　なんか無理やりみたいにダメだダメだって……！

あんた、ただワケもなく反対してるだけじゃないの!?」

「………………」

グレン王子は口をつぐんでいる。

「ま、まあまあ」

魔王が、それを慌《あわ》てて止めた。

「少し行《い》き詰《づ》まってる感あるし。一回、ここで休憩《きゅうけい》いれよう。な!?」

「……だな。感情的にぶつかってるだけじゃ、ただ全面戦争まっしぐらなだけだし……こ
こでしばし、トイレ休憩でもいれっか。

トイレは自由に使っていいんだろ、デモン・イレブン？」

勇者もいう。

「え、あぁ、はい。トイレもある種、自慢《じまん》の一つですから。そこ行って、突《つ》き当たりです」

オレは出席者をご案内。

こうして、膨《ふく》れ上がった風船のように、険悪さがギリギリまでたまりかけていたおもてなし会が、一旦《いったん》お開きになる。

出席者がめいめい、外に出たり、店内うろついたり、休憩をとり始め……！

「うーん……あいつやっぱり……」

そして。

グレン王子が、俯《うつむ》きながら、店の奥に行くのを、オレは、見ていた。

※

〝おもてなし会〟休憩中の、コンビニ店内。

今日は、こういうイベントやってるせいもあるのか、店内はわりと静かである。

時間は午後二時過ぎ。まぁ、もともと、わりとすいてる時間か……。

その静かな店内に。

グレン王子の姿があった。

退屈《たいくつ》そうに、店内を見回り、雑誌の棚《たな》なんかをジッと見てる…………。

実は、オレには、グレンに対して、一つ〝疑っている〟ことがあった。

これがあってたら。

オレ、もしかしたら、あいつの助けになれるような気がするんだけど……。けど出すぎた真似《まね》になるかもしれないし……。

「………………。

………………」

どう行動するかを、オレは一瞬悩《なや》んだが……

気がつくと、身体《からだ》が、勝手に動いていた。

「あ、あのさ」

店内を一人、さまようグレンに声をかけるオレ。

ビクッ。

グレンは、ちょっとビックリしたように肩《かた》を震《ふる》わせる。

「……何？　仮にもまだ敵対してる国同士の存在だぜ？　公式な場以外で勝手に話しかけんなよ」

グレンは、まっすぐ雑誌の棚を見たまま、目をあわさずに冷たくいった。

「あのさ。お前……。今日、夜、泊まってるとこ抜《ぬ》け出して。もう一度、この店にこれない？」

　けど、オレは気にせず聞く。

「は……はあ⁉」

　グレンは、相当驚《おどろ》いた表情でオレに聞き返してきた。

「な、なんで⁉　なんだ、いきなり⁉」

「うーーん。もしかしたら、なんだけど。

　オレ、お前の悩《なや》み、ちょっとわかるかもしれないんだよな」

　オレは、いった。

　グレンは驚く。

「は……はぁ⁉　わ、分かるわけないだろ⁉　お、お前如《ごと》きに、オレの気持ちが⁉」

「いや、まぁ、そうなんだけど。でもお前……昔のオレ……っていうか〝昔のオレ達〟に、
似てる気がするんだよな……」

　オレは正直にいった。

「む、〝昔のお前達〟……⁉」

　グレンは全然意味がわからない、という表情。

「うん。だから、もし来てくれたら。オレ、お前の助けになるようなこと、ちょっとでき

る気がするんだ。似た者同士だし」

「…………………」

グレンは、オレの言葉に、険しい表情だ。

「今、オレがいってること、全然引っかからないなら……来なくてもいい。けど。ちょっとでも、オレがいってることひっかかるなら……一回、騙《だま》されたと思ってきてくれよ。たぶん、役に立てるから」

「ま、待て。お前……自分の立場忘れてないだろうな？　もし、そんなことをいって、オレの機嫌《きげん》を損《そこ》ねるようなことをするなら……全面戦争なんだぞ？」

脅《おど》すようにいう、グレン。

「うーん……その通りなんだろうけど。でも、オレ、コンビニ店員だしなぁ……。まず、目の前のお客さん喜ばすことから考えるわ」

「………！」

グレンは、なんて返せばいいのかわからないように、言葉を詰《つ》まらせてしまった。

「……じゃあな。待ってるからな！」

というわけで。

こっちは、いうべきことは、もう、全部いっていたので。

それだけオレは告げ、その場を去った。

「あ、おい待て⁉　行かんぞ⁉　オレは絶対行かんからな⁉」

グレンの声が店内に響《ひび》いたが――

きっと、グレンは来てくれる。

そう決めて、オレは、行動することにした。

※

が――

「…………来ないなぁ……。や、やっぱ……親切の押し売りだったかなぁ……」

二三時半過ぎ。閑散《かんさん》とした店内。

ともに店頭に立っている、九条と、勇気にオレはこぼした。

あの後――休憩を挟《はさ》んで、おもてなし会は再開したが。

一度絡《から》まった空気は、もう、ほどける気配がなく。

何ひとつ進展しないまま、会は終了《しゅうりょう》した。

「あぁぁ……なんてこった。まさかデモン・イレブンでもダメだとは……」

「これはもう打つ手なしだな……戦争するしかない」

勇者と魔王《まおう》は、絶望して店から帰っていった。

いや、お言葉ですけど、勇者と魔王なら、コンビニに頼《たよ》らず自分の力でなんとかしてくれよ……！

とはいえ、オレはグレンとの約束がある。

だから、本来ならオレの勤務時間は終わり、あがりでもいい時間帯なのに……店に立っているのだ。


「はあぁ？」

「にゃはは！」

オレの吐露《とろ》に、九条は呆《あき》れ、勇気は笑っている。

「な、何いってんのよ⁉　あんたがあのガキがお忍《しの》びで来るっていうから、私らこうやってスタンバってるんでしょ⁉　バカ！」

「う、うーん……。けど、まぁ、ちょっと一方的に想《おも》いぶつけすぎたかも」

オレは、ちょっと、反省する。

あの時は、なんか、勝手にシンパシー感じて。何故《なぜ》か、なんとかしなきゃ、と動いちゃったけど。

オレがしてもらって嬉《うれ》しかったことが、そのまま、あいつにとっても嬉しいことだなんて、なんも保証ないいんだもんな……。

「オイオーイ！　弱気になんなって！」

バシッ！　そんなオレの背中を叩《たた》いて叱咤《しった》激励《げきれい》すんのは勿論《もちろん》勇気だ。

「アタシ分かるぜ。透のいってること！　うん、確かに、アイツは似てるぜー？　あの頃《ころ》のアタシ達に。

あの頃のアタシと、麻衣《まい》と、透に、さ」

笑顔《えがお》でいってきてくれる、勇気。

「そ……そうだろ!?」

「そうかなぁ……」

オレと九条の反応は割れたが、

「にゃは！　うん。あと。なんだかんだいって、店長代理とシロにも似てっかなー」

すると勇気は今度はオレにとっても意外なことをいいだした。

ん？

「店長代理と、」

「塔子？　どういうことよ？　それ。
それだと、今ここで働いてる面々。全員、似たもの同士ってことになっちゃうじゃない
……」
意味がわからず聞く、オレと九条。
いや、オレ達三人が似てるってんならわかるけど、白雪と店長代理？
あの二人と、オレ……または九条に、似てる部分なんかあったっけ？
九条と店長代理なんか、全然似てるように思えないけど。
「ま、それはオイオイ分かるって！　さぁーて、そろそろ来《く》んじゃねーかなぁ」
勇気は笑顔で質問をはぐらかすと、頭の後ろに手をやり入り口のほうを見つめた。
つられて、オレも入り口のほうを見る。
が…………
自動ドア、全く動く気配、なし。
時計の針は、どんどん進んで、もう二四時近い。
あぁ…………
やっぱり迷惑《めいわく》だったかなぁ……
さすがに諦《あきら》めかけた、その時。

ガーッ……

入店チャイムとともに、自動ドアが、静かに開いた――！

入ってきたのは――

鋼鉄色をした肌《はだ》に、おかっぱ頭のナマイキそうなクソガキ……グレン王子。

「お……おおおおお！」

オレは思わず駆《か》け寄りそうになった。

が。

「にゃは！　透、相手はお客さんだぜー？　ちゃんと接客しなきゃ、ダメだろ？」

勇気に、笑顔のまま、たしなめられる。

お、おお……！

そうだったそうだった。昼間とは違《ちが》うんだ。公私混同、よくない。

「いらっしゃいませ」

オレは落ち着いて、グレンの前に立つ。

「フン……」

グレンは、変装用に被《かぶ》ってきたらしい、キャスケット帽《ぼう》を目深《まぶか》に被りなおし、鼻を鳴らし、

「お前が散々いうから、来てやったんだ。いっとくけど……オレは何かに悩んだりしてないからな。

何かを紛《まぎ》らわせたいとも別に思ってない。ただ……お前が、全面戦争の口実をくれるというから。こうして来ただけだ！」

「そ、そうだなそうだな。ま、でも、来てくれただけで嬉しいし、遊んでいけよ。改めて、店内案内するから」

「しゃあないわね……。じゃあ教えてあげるわよ。私と反馬《はんま》と勇気が。昔、骨の髄《ずい》までコンビニを利用し倒《たお》した時培《つちか》った、元ユーザー目線から……昼間のプレゼンの時とは違う……真のコンビニ利用法をさ」

「ま、他のお客さんに迷惑にならないように、こっそりやろーぜー　にゃはは！」

九条と勇気も賛同。

こうしてオレ達三人の裏コンビニ活用術レクチャーが始まった……！

※

「まずは。コンビニ行ってまずやるべきなのは、立ち読みだ」

オレは雑誌の棚《たな》にグレンを連れて行き、教える。

「た……たちよみ……!?」

「うん。勇者とかには絶対いえないし、店員の立場からしたら、最高にムカつく存在だけど。自分がユーザーだった時代は、正直……完全に利用し倒してたわな。漫画《まんが》週刊誌完読は余裕《よゆう》、棚のコンビニコミックまで読んで、店内に読んでない漫画なかった時代すらあったくらいだ」

「コイツ、ほんと、立ち読みに関しちゃ驚異《きょうい》的な粘《ねば》り発揮するからね……」

苦々しい顔でいってくる九条。

「いいか？　漫画週刊誌は、正直、初めて読む時は、全部話の途中《とちゅう》からだから、中々入っていきづらいとこもある。けど、大丈夫《だいじょうぶ》だから！」

「だ、だいじょうぶ……？　何が？」

困惑《こんわく》顔で、グレン。

「漫画週刊誌なんて。創刊号……全部第一話が揃《そろ》ってる……そんな幸運な状態から読み始められる奴《やつ》、まずいないんだ。

最初はみんな、話の途中……物語の大海原《おおうなばら》に突然放《とつぜんほう》り出されるんだ」

「大海原……！」

　グレンは緊張した顔。

「けど、不思議と、なんとかなる。漫画雑誌って、やっぱ、そうなってんだよ。それが漫画のいいとこだし。

　それでだんだん、漫画の中の東西南北がわかっていったら。たとえば、もっと昔に遡《さかのぼ》りたかったら、コミックス買えばいい。うち、取り寄せ無料で漫画も取り寄せられるから、いってくれたらいつでも用意するぞ？」

「…………」

　レクチャーをうけたグレンは、とりあえず、という感じで棚にあった漫画雑誌をぱらぱらめくり始める。最初に手にとったのは、ちょうど、コンビニに多数用意してある四コマ漫画雑誌だった。

　うん、ビギナー用としてはいいかもしんない？

「飽《あ》きないように。できるだけ活字雑誌も混ぜていけよ？　テレビ雑誌なんかけっこうオススメ。番組表以外のところも、意外に、インタビューとか、気軽に読める読み物ページいっぱいあるしな」

「お、おう」

「うるさいわねこいつは……好きにやらせてあげなさいよ！」

熱心にレクチャーしてたら九条に叱《しか》られた。

い、いや。オレの立ち読みスピリットをこいつに伝道しないと、と思って焦《あせ》っちゃってさ……！

「にゃは！　長時間立ち読みしてると、そろそろ腹が減ってきた頃じゃねーかー？」

そして。小一時間ほど、なんだかんだ立ち読みしていたグレンに、今度は、勇気が声をかけた。

「むっ。ま、まぁ……」

じり、と後ずさりながら、グレン。

あ、こいつ、昼間勇気に髪型《かみがた》ぐっしゃぐしゃにされたこと、まだ覚えてて警戒《けいかい》してんのか……!?

「けど……持ち合わせはないぞ」

胸を張るようにいう、グレン。

「うちは親父《おやじ》が甘い分、お袋《ふくろ》が厳しくて。月の小遣《こづか》いはほとんどゼロに近い額なんだ」

「だいじょぶだいじょぶ。そんなのどこのガキも似たようなもんだから」

いうと、勇気は、笑顔でグレンの背中を押して促《うなが》し、

「そういうクソガキどものために。コンビニにはこのコーナーがあんのさ。

それ以外存在理由が考えられない、コンビニ内で、絵本の入ってる回転什器《じゅうき》と並び、数少なく子供の為《ため》に存在してるコーナー……

〝駄菓子《だがし》〟コーナー」

勇気が連れて行ったのは……駄菓子コーナー。

うわ、そうだよなぁ。最近、前ほど立ち寄らなくなったけど。

コンビニは、何故か、駄菓子屋としての側面もかかえてるという謎《なぞ》の一面があるんだよな……確かに、昔は、死ぬほど行ったわ……。

「ちょ、オイ、ウソだろ……!?」

グレンの顔色が変わった。

「なんだこの値段……一〇G？　こんな値段で売ってるもん、この世にあっていいのか!?」

その駄菓子の驚愕《きょうがく》の値段設定に目を剝《む》くグレン。あぁ……うん。確かに、駄菓子って、正直、これ冗談《じょうだん》か何かですか？　って疑いたくなるくらい安い値段で売ってるもんあるよな……。

「昼間もいったけどよ。だいたいの問題は、リラックスして、うまいもん食って、腹いっぱいになれば、八割くらいは減退するもんよ」

ニッコリと笑っていう勇気。

そしてその手は、電光石火でグレンの頭をぐしゃぐしゃとかき乱した。

「しまった！　やーめーろーよ!?」

グレンは子供らしいパニックぶりでその場でジタバタしている。

「にゃはは！　で？　今、幾《いく》らもってんだ？」

「え？　うーん……たぶん、七〇Gくらい……」

「…………。一番燃える価格設定じゃねぇか」

ぴしり。その途端《とたん》、勇気の笑顔が、いつになくシリアスな空気を帯びた。

「七〇Gの超簡易《ちょうかんい》カップ麺《めん》をとるか、それとも一〇G台の英雄《えいゆう》達を多数配置するよう布陣《ふじん》するか……。いやけど二〇G台の中価格帯を複数混ぜるのも手……となると……！」

目を細め、笑顔のまま、ブツブツ唱える勇気。

「ばかユーキ、ここは大砲巨艦《たいほうきょかん》主義でいくべきよ！　七〇Gの超簡易カップ麺！　これは絶対譲《ゆず》れない！」

九条も何故《なぜ》か入ってきた。

おま、さっきは自由に決めさせてやれってうるさかったのに……！

「つか、この菓子《かし》は絶対入れろよ？　納豆味とコーンポタージュ味の」

といいつつ、オレも参戦するんだが……

「はあ⁉」

そこで会議はさらに紛糾《ふんきゅう》。

「ありえない！　それを入れるなら普通《ふつう》にメンタイ味でしょ⁉」

「ピザ味。これを忘れてる奴はどこのどいつだい？」

謎の内紛勃発《ぼっぱつ》。

「え、えぇと。これ、オレ、決めていいんだよな⁉」

グレンの心の叫《さけ》びを聞き、全員が口をつぐむまで、その不毛な争いは続いた……！


結局、グレンは、七〇Gの簡易カップ麺、それをディナーとすることにしたらしかった。

クソガキらしく。

コンビニの前に座り込んで食うことを特別に許可してやる。

コンビニの前で買い食いすんのって、ちょっと楽しいよね。

「さて。次はあたしの番なんだけどさ。ちなみにあんた、幾つ？」

そして店内に戻《もど》ってきたグレンに、九条が聞いている。

「え？　一二万歳だけど……」

「じゅっ……」

九条はその答えに面食らったようだったが、

「ま、まぁいいわ。年齢《ねんれい》なんかどうでもいいのよ」

急に誤魔化《ごまか》すように軌道《きどう》修正し、

「要は。見た目はガキじゃない。だったら、それらしく振《ふ》る舞《ま》えばいいのよ。コンビニ店員だって、基本は人の子。礼儀《れいぎ》正しい可愛いガキがきたら、そう無碍《むげ》には扱《あつか》わないわよ」

「なんだよそれ……どういう意味だよ」

「だから。

寂《さび》しかったら、店に来て、アタシらと、ちょっと喋《しゃべ》ってけばいいってことよ！」

九条はあらぬ方向を向きながら、力強く、そんなことをいうのだった。

あ……なんだ、九条も、オレと同じようなこと、思ってたのか。

ま、でも、このコンビニで楽しんでるグレンの感じみたら、気づくよな……。

「なっ………!?」

その瞬間《しゅんかん》だった。

グレンが、本当に動揺《どうよう》したように声をあげた。
「な……何いってんだ。俺は別に、寂しくなんて……!?」
グレンは瞳《ひとみ》を揺《ゆ》らしまくりながらいうが、
「あ、あのさぁ、グレン。間違《まちが》ってたらゴメンな。
お前さ。もしかして。
けっこう……〝家で一人で過ごすこと多い子〟……だったりしない？」
助け舟《ぶね》を出す意味もこめて。
そこで、オレは、思い切って、グレンに聞いた。
「んなっ!? な、なんで、お前らなんかに、それが!?」
呆然《ぼうぜん》といってきたのは、グレン。
「やっぱりか……！」
オレはようやく納得《なっとく》がいった。
冥界人《めいかいじん》に限って、しかも、王族に限ってそんなことあんのか、と思ってたけど。オレの
——あの時感じた〝既視《きし》感〟〝疑い〟、やっぱそうだったのか。
こいつは。
昔のオレや、九条、勇気と同じ。

両親が共働きだったり、事情があったりで、家で一人でいる時間が長い子供だった……！

「オレ達もそうだったんだよ」

あんまり人にはいわないけど。

オレは、そう、白状した。

ちなみに……オレの場合の〝一人〟は、親が二人とも大学の研究室で働いてて、かなり遅《おそ》い時間に帰ってくるパターンの〝一人〟だった。

九条も似たようなもの。お母さんは救命の看護師だし、この前話に出たお父さんも相当忙《いそが》しい。

勇気は……昔から大好きだった親父さんが亡《な》くなって、今はお母さんが女手一つで育てているので、厳密には共働きではないけど、家に親がいない状況《じょうきょう》は同じだった。

ちなみに、親父さんが亡くなった当時……もう五、六年前になるか……は、勇気も随分《ずいぶん》落ち込んでいて、オレも、九条も、かなり心配したもんだが。ご覧の通り、いまではすっかり明るくまっすぐな少女に育っている。

九条がさっき涙《なみだ》ぐんでいたのも、たぶん、その辺のことを思い出してのものだったんだろう。

「にゃはは！　そうだなー。小学校の時。団地の前のしょっぼい公園でショボくれて。行くトコなくなって。みんなで、よく、仕方なくコンビニ通ってたよなー」

笑顔《えがお》でいう、勇気。

「そ、そうなのか!?　同じ………なのか。本当に……？」

グレンは、それが、相当驚《おどろ》きだったんだろう。

信じられないようにいっている。

「そう。だから……あんたも、寂しい時、ここ来てもいいって、いってやってんの」

九条は、キツイ口調でだが、そんなことをいう。

「勿論《もちろん》……時と場合は選ぶし。買い物せず話にくるだけなのはちょっといかがなものかと思うけど。

一個一〇Gの駄菓子買うだけでも、そこで、ちょっと会話できるでしょ？　それでも随《ずい》分《ぶん》違うもんよ。現にあたしら。小学校の時、ヒマな時、そうやってコンビニ行っては、ちょっと〝先輩《せんぱい》〟に話聞いてもらってたしね」

と、九条。

確かに。オレ達が小学校高学年の時、〝先輩〟はちょうど高校生としてデモンで働き出した頃《ころ》だったから。からかいがてら、話聞いてもらいがてら、よく、駄菓子だけしか買わないけど、会いにいってたよなー……。

三人全員で行く日もあったし、この二人が居ない時は、もちろん一人でも行った。

九条のいうとおり。他に誰《だれ》もいない日でも、〝先輩〟に、

「今日、学校どうだった？」

とか聞かれて、それ適当に答えるだけでも。

こっちを認識してくれる人間が居る……それがわかる……

それだけで、案外、なんか……心のどっかが安心するような感覚があったんだよな。

「しゃ、喋る……そ、そんな事していいのか……⁉」

グレンは衝撃《しょうげき》を受けたように呟《つぶや》いている。

「そうよ。それも、コンビニの持ってる一つの良い面なんだから。だから。この店。あんたみたいな、アタシ達みたいな……そんな連中に、ピッタリでしょ？」

九条が、勝ち誇《ほこ》ったように聞く。

「…………」

それに対し、グレンは、何かいいたげに口を開いたが、

「いやいや――。ちょっと待てや！」

「本当のコンビニの楽しみ方は。他にもいろいろありますよ⁉」

その時だった。

まさかの展開。

店内奥から。

もうとっくにシフト上がっていたはずの二人の声が聞こえてきた……！


現れたのは——

店長代理と、白雪。

「あ、あれ⁉　何やってんの、あんたら？」

目を白黒させて、九条。

「別に。ちょっとヒマだったから出てきただけだよ。なぁ、白雪」

「そうですねぇ。塔子は、ま、夜の勉強の為《ため》の夜食でも、と思いまして」

二人はそういうと、素早《すばや》くグレンを連れ出し、

「さ、こっちだ。俺がコンビニの真の楽しさを教えてやろう」

「あ、ずるいです、店長代理！　私が先に教えてあげるんですよ⁉」

「い、いや、オイ、なんなんだ……！」

そして二人は、グレンを連れて行く。

な、なんなんだあの二人は……!?　何？　あの二人も、グレン、アテンドしたかったの？

「あ、そういえば……？」

そんな光景を見ながら、オレは、勇気に確認《かくにん》した。

「さっきのさ。オレ達三人と、あの二人も似てるって……どういう意味だったん？」

「にゃはっ。なーんだ、そんなの、簡単じゃねーか」

勇気は、こともなげに笑っていうのだった。

「シロは、天才女子高生。店長代理は、いちおう、人気声優だろ？　シロは、周りとレベルあわなすぎて、学校行ってなかったらしいし。店長代理だって、ああ見えて、マジで人気声優だったらしく。遊ぶ時間もなく、毎日のスケジュール徹底《てってい》的に管理されてたらしいぜ？」

「え!?」

「そ……そうだったの！」

オレと、そして九条も思わず叫んだ。

一緒《いっしょ》くらい長い時間過ごしてるのに、オレ、ふたりのそんな事情、初めて知った。さすがは勇気……見えないところで、けっこう、人のいろんな話聞いてやってんだろーなー……それこそ。深夜番。誰も客がこない店内で、バイト二人、ボーっと立ってる時とか。

「要するに、全員、周りに誰もいない期間が、けっこうあったってことだな。

それでも、それに負けず、こうやって……コンビニに助けてもらったりしながら、まぁなんとかかんとか生きてきて。

で、今度は、逆に、そういう寂しい奴《やつ》の役に立ちたい……。

表に出してるか、密《ひそ》かに思ってるかはともかく。

心のどっかに、そういう気持ちもって、生きる……

基本的に、うちは、そういう奴らの集まりだとおもうぜ？」

なんか幸せそうな笑顔でいってくる、勇気。

む……勇気がいうと、その言葉、重み違う……。

確かに――。

ま、あんま他の人にはいってないし、今後もいうつもりもないけど。

オレがこのコンビニ入ったの、そういう……自分が助けられたから。だから、今度は、このコンビニで、オレが何かをちょっとでも返したい……

そういう思い。なかったといえば、うそになるんだよな……。

勿論、それが全部じゃなくて。バイト代欲《ほ》しいとか、なんか出会いないかとか、そういう思いもけっこうあったけど。

最初の動機としては、今、勇気がいったことで、ズバリ言い当てられている。

「あ、あたしは違うわよ!?　コンビニなんか、ただの人生の踏《ふ》み台よ、踏み台」

九条は即座《そくざ》に否定しているが、いや、コイツのことだし。たぶんけっこう図星に近かった感じなんだろうな……。

勇気は自分でも認めてるんだから、いうまでもなく、そうなんだろうし……、
店長代理や白雪も、あんまりそうは見えないけど。そういう思いあって、ここに、来たのか……！

『心のどっかに、そういう気持ちもって、このコンビニに来た……

基本的に、うちは、そういう奴らの集まりだとおもうぜ？』

だとしたら、勇気のいうことは的を射てるのかもしれない。

てんでバラバラな五人だと思ってたけど……

オレ達、意外に、共通点あったのか……！

「それでな。いいか小僧《こぞう》。こういうちょっとえっちぃ記事の載《の》ってる雑誌には、袋《ふくろ》とじってのがあってだな。それを、こう、角度調整して中を見やるとだな……」

「最悪です……店長代理……！　セクハラです。それよりこっち来てくださいよ、グレン

君、塔子のコンビニ文房具《ぶんぼうぐ》オススメベスト10を発表してあげるから！」

……ああやって言い争いをしてる二人見ると、そう思えないけどな。

つか、店長代理、子供、しかも冥界の王子にナニを教えてるんだ、ナニを！


その後も、オレ達はグレンにコンビニを楽しむ方法をレクチャー。

終わった頃には、もう完全に日が昇《のぼ》っていた。

「どう？　私達がこれだけやったげたんだから。ちょっとは気ぃ晴れたんでしょうね⁉」

九条がグレンに聞く。

「………………………」

グレンは、しばらく、不承不承という表情だったが、

「……少しはね」

やがて。何かを諦《あきら》めたように嘆息《たんそく》した。

「オレ……。確かに君らのいうとおり。家で一人でいることの多い生活だったんだ」

そして。ようやく、閉《と》ざした胸のうちを、少しだけオレ達に打ち明けてくれた。

……お？

「まぁ……あんなでも一応……王様だからな……父ちゃん。城のみんなもいつも忙《いそが》しいし。

基本、一人で起きて、一人で遊んで、一人で食事して、一人で寝《ね》る——そういう生活だった」

グレンは続ける。

うーん。やっぱ、こいつ、オレ達に似てる。

「だから……ちょっと、嫌《いや》だったんだ」

グレンはいう。

「和平が成立して、これ以上、みんながさらに忙しくなるのが……。それなら、国交絶って。無関係のままでいいかなって」

正直にいう、グレン。

あ……あぁぁぁ……そうか。そういうことか！

だからこいつ、やたら和平に反対してたのか！

「けど………」

しかし、グレンは、続ける。

「ん？」

「今日……来て……少し考えが変わった」

そして、グレンはいった。

かなり照れた様子で、ボソボソいってくる。

「こんな……こんな店《コンビニ》があるなら。互《たが》いの世界、行き来できるように、なってもいいかもしれない」

「え？」

「お前……」

それを見て……オレ達は、顔を見合わせた。

「にゃはは！　ま、そこは気にすんな」

勇気が、笑って、グレンの背中を叩《たた》いた。

「和平とか国交とか、そういうのは悪い大人達に任せとこうぜ？」

「そうそう。あんたはそんなの関係なく。寂《さび》しくなったりモヤモヤしたら、また、ウチきたらいい、それだけよ。他のことはじっくりゆっくり考えればいいわ」

「そうだな」

オレも頷《うなず》く。

「なんかあったらいつでもこいよ。基本、オレら、年中無休でここにいるから。それがコンビニ……『デモン・イレブン』だからさ」

「うん……考えとく」

グレンは最後にちょっと照れくさそうにいう。

「……じゃ、じゃあな。そろそろ戻《もど》るわ。あの親父《おやじ》が騒《さわ》ぎだす頃《ころ》だろうしな」

「うん……またこいよ！」

グレンは、頷き、そそくさと。

そのまま、どこかへ向かって歩いていった。


異世界と冥界《めいかい》。

和平交渉《こうしょう》の為の懇親《こんしん》会——の裏で密かに行われた、グレンの為のコンビニレクチャー。

オレ達の水面下でのアテンドは、こうして、終わった。

冥界側から、この世界に、「和平を結びたい」、そう伝える使者が来たのは。

その三日後のことだった——！

※

一週間後。

コンビニ店内。

雑誌コーナーの前。

そこに……一週間前にはありえなかった光景が広がっていた。

「チッ……そろそろ足がキツくなってきやがった……！」

「わ、ワシもじゃ……！」

「大丈夫《だいじょうぶ》！　みんな、私に任せて！」

その時、聖衣を纏《まと》った真面目《まじめ》そうな少女が叫《さけ》ぶ。

「『全員絶対回復呪文《ホーリーライト》』!!」

キラリンッ。

またしても回復呪文で立ち読みを続ける勇者パーティ。

「あぁ、不幸だ……」

その隣《となり》。風を撒《ま》き散らせながらいっているのは、魔王《まおう》。

「ユーシャが、勇者だったなんて……。昨日の異世界新聞読んで気づいたよ。〝勇者と魔王とコンビニ〟が世界を救ったって……。ユーシャ……勇者だったんかい!?　実はちょっといいなって思ってたのにぃ……！」

激怒《げきど》している魔王。いや……今さら気づいたんかい！

「魔王様！　落ち込んでいるヒマはないですって！」

「その通り。勇者が現れた以上……たとえ立ち読みでも負けるわけにはいきません！」

「冥界との和平成立させた以上。同じ世界の住人同士で争うのも馬鹿《ばか》らしいですしね……

今後は、いかにこのデモン・イレブンを使い倒《たお》せるか。

ヒト族と魔族の争いも、そういう方向にシフトしていくことでしょう」

そしてその隣。魔王の横で四天王が、何故《なぜ》か、そんな方向性で怪気炎《かいきえん》をあげていた。

いやいや。ヒト族と魔族の争い、そういう方向にシフトしていくの!?　どんなヒト族と魔族、それ!?

あと、この四天王。四天王といいつつ、いっつも一人だけ、まったく喋《しゃべ》らない異様に影《かげ》薄《うす》い女四天王いるよな……アイツ、なんなんだろ……。

そして。

そして。

まぁそこまでなら、まだ、想定内なのである。

その隣。

現在、そこに、新たなる勢力が加わっているのだ。

「フン……くだらない。ＮＡＲＵＴＯがまた読めるかと思ったら、短期集中連載《れんさい》だったとはな……」

口では偉《えら》そうなことをいっているが、明らかに落ち込んでいるのは冥界王子……グレン。

「息子《むすこ》よ。ならアンケート葉書で私が続きを催促《さいそく》してやろう。冥界中の人員を動員してな……！」

「素晴《すば》らしい……是非《ぜひ》お手伝いさせて下さい冥王様。しかもアンケートハガキを送れば抽選《ちゅうせん》でプレゼントももらえるとのことで、クク、実に楽しみですな……！」

その隣にいるのは、冥王、そして鯨《くじら》。

あぁもう、異世界人にもいえたことだけど、日本の文化に馴染《なじ》むの早いな、お前ら！

あと冥王！　それ親バカが過ぎるからやめとけ！　権力の職権濫用甚《らんようはなは》だしいし。

あと、鯨、プレゼント来ないよ……異世界や冥界からどうやってハガキ送ってどうやってプレゼント送ってもらうつもりなんだよ……。

（なんなんだこの光景……！）

オレは頭を抱《かか》える。

あの王子をもてなした三日後――

勇者と魔王が、店に飛び込んできて、オレ達は知った。

「オイ！　さっき冥界側から使者が来たぞ！　和平にＯＫを出したらしい！」

「その調印式に、私とユーシャと、そしてデモンから一人、代表を出せということになった！　よくやったぞ、デモン・イレブン！」

　というわけで、オレ達は、その世界規模の和平調印式にも、出席（店長代理が出た）。

　その調印式は、異世界で大々的にとりあげられ、そこで、デモンも、当然〝冥界人の心を溶《と》かした店〟〝彗星《すいせい》のように現れた奇跡《きせき》の店〟と話題になり。店はより繁盛。

　さらには人族、魔族だけでなく、とうとう冥界人まで入り浸《びた》るようになった。

　それは素晴らしい。

　頭では、めちゃくちゃ美しい光景だってことはわかるが……

（や、やっぱダメだ……）

　この状況《じようきよう》見るとやっぱり、さすがに腹立ってきた。

　寂しい時は勿論《もちろん》来ていいんだけど。

　それにしてもこいつら、調子乗りすぎ！

「もう……邪魔《じやま》です！　何十時間立ち読みするつもりなんですか！　もうみなさん来てから一八時間以上たってますよ!?　そろそろご退店下さい！」

　オレはさすがにいう。

「えぇー!?」

　すると人族魔族冥界陣営《めいかいじんえい》からブーイングが飛んだ。息ピッタリだなお前ら!?

「透ぅぅぅ……」

その光景を見て、店長代理が叫んでいるのだった。

「どうすんだよこれ……本部評価、また下がるんじゃね!?」

「ですね……」

異世界と冥界の平和は保たれたが。

デモン・イレブンに平和が訪《おとず》れるのは、まだ、しばらく先になりそうである……!

閉店《エピローグ》

朝八時――。

普通《ふつう》の一五歳なら、この時間、何をしているだろう。

朝ごはんを食べている。

朝練をやっている。

家を既《すで》に出て学校に向かっている。

すべてを忘れまだ眠《ねむ》りの中にいる……ヤツも、中には、いるかもしれない。

けど……オレの場合、その、どれでもない。

オレの場合。

その時間には既に、戦いが始まっているのだ。

「店長代理！　行きましょう！」

「まったくよ……！　いつになったらこの朝の絶望タイムが無い日は来るんだ……!?」

和平交渉から二週間……。

異世界転移から一ヶ月半――。

オレ達のコンビニは、相変わらずの繁盛《はんじょう》ぶりをキープしていた。

そういえば、うちのチェーンでは、一月《ひとつき》ごとに、店の査定が下されるんだけど……。

異世界に来てから一ヶ月経《た》ったタイミングで、オレ達に下された評価は【C】だった。

異世界に来る前が【D】だったことを考えると、かなりうまく軌道《きどう》に乗せたといえなくもないかもしれない。

といっても。

目標【S】だから。

このペースでいっても、まだまだ、全然道のり遠いんだけどね……。

「何ボッとしてんのよ反馬《はんま》！　まったく、ほんと、私がいないとダメなんだから！」

「にゃはは！　透《とおる》、レジは任せとけ。実はやり方未《いま》だにうろ覚えなんだけど、あたしがなんか適当に誤魔化《ごまか》しとくからよ！」

「リーダー、レジは私やりますんで気にせずいってください……勇気《ゆうき》さんには、フォローに回ってもらうので。まったく、もう、なんで私が……」

そしてコンビニ店内では、深夜番と朝番、二つのシフトがちょうど重なってる時間帯の為《ため》、非常事態宣言、ちょっと深夜番には無理いって残ってもらい、五人態勢で店を回していた。

「あれ？　今なんて？　リーダー？」

オレは、ふと思い、白雪《しらゆき》に聞く。

「え？　あ、はい。反馬さんっていいにくいんで、ついリーダーって呼んじゃいましたけど……なんでだろ？」

不思議そうに聞いてくる白雪。

「フン。ちょっとは、バイトリーダーらしくなってきたってことなんじゃないの？」

パンッ！　とオレの後頭部を叩《たた》きながらいってきたのは、九条《くじょう》。

お、おぉ？

「この前のおもてなし会の時も。ま、なんだかんだ、一人だけ、グレンの悩《なや》みに気づいて。一人で交渉《こうしょう》いって、事態動かして……。ま……スタイルもまだ全然固まってないし。やっぱり、〝先輩《せんぱい》〟にはまだまだ遠く及《およ》ばないんだろうけど。

多少は前進してんじゃないの？　リ、リ、リーダー」

なんかつまらなそうに、しかししっかりそういってくる、九条。

おお……

オレ、リーダー!?

バイトリーダーとして！　オレ、ちょっとは、認められた⁉

「ちょっと！　いっとくけど、ほんとにまだまだなんだからね⁉　ま、でも？　どうしてもあんたが認めて欲しいっていうんならちょっとくらい私も……」

「お……おおおおおおおおおおお！」

九条がなんかいっていたが、オレは興奮のあまり雄叫《おたけ》びをあげた。

「やった……！　バイトリーダーとして。オレ、ちょっと、前進できた……⁉」

「だから……聞きなさいよ⁉　たまに見せる、あたしの、ツンデレ的なくだり！」

ばしっ！　九条は激怒《げきど》してオレを蹴《け》り、どっかいってしまったが、

「痛てて……。でも、本当嬉《うれ》しいや」

オレは心底思う。

だって……

この店、異世界来た時。

オレ、バイトリーダーの重圧に耐《た》え切れず、この店、辞《や》めようとすら思ってたんだから。

そういう意味では、異世界転移も、悪いことばっかりじゃないのかもしれない……！

「ようし。ま、店もオレも、まだまだこれからってことで。今日もいっちょがんばってみるか……！」

大手コンビニチェーン、デモン・イレブン。
その一軒《いっけん》。
異世界に転移したオレ達の店は。
こうして今日も元気に営業を続けている。
異世界コンビニ、デモン・イレブン。
伝説はまだ始まったばかりである。

あとがき

お久しぶりです、大楽絢太《だいらくけんた》です。

あ、でも、初めましての人も多いと思うので自己紹介《しょうかい》。

過去に『七人《しちにん》の武器屋《ぶきや》』、『テツワンレイダー』、『BIG－4』など書いてました。

別にそんなルール課してるわけじゃないんですけど、今のところ著作ぜんぶ異世界ファンタジーですね。

あとぜんぶ主人公一人称《いちにんしょう》（地の文が〝オレ〟とか〝私〟とかになってて、全編その人物の目で見たことしか書かれないやつね）。

毎回、「たまには変えるかぁ……」とか思って新作取り組むんですけど、編集さんとのキャッチボール繰《く》り返《かえ》してるうちに、いつのまにか何故かこのスタイルに落ち着く……。

まぁ、そんな感じの、ライトノベル作家です。

初めましてじゃない方、新作待っててくれた読者さんは、大変お待たせいたしました

（土下座）。

いやー……かかったね、時間。二年半ぶりですか。

二年半って……。ほとんど中学とか高校卒業できるぐらいの時間あるやん……！

自分でも、まさかこんなに時間かかるとは思ってなかったんで、ビックリです。

今回はかつてないほど苦労しましたが、まぁなんとかみなさんに本届けるところまでは到達《とうたつ》しました……！

またお付き合いいただけると嬉《うれ》しいです。

さて。前述した通り、私は異世界ファンタジーものを連続で書いてきましたが、今回もファンタジーです。

今回は

・異世界ファンタジー

×

・コンビニ

この企画《きかく》、もともとは、担当さんの考えてくれたアイデアでした。

「大楽さんなら、バイト経験も豊富ですし、絶対書けると思うんですよ！　異世界×コンビニ、やりましょう！」

「えぇぇ……書けるかぁ？」

面白そうではあるけど。実際書くとなると、色々ややこしそうやし、けっこう腰引《こしひ》けてたんですが……。

やってみると、なんと、この本でいう最初の一〇ページくらいがサラッと書けまして。

「面白いじゃないですか。このままこれを膨《ふく》らませて、一冊の本にしましょう！」

「お、おお……分かりました！」

そこから、戦闘《せんとう》開始。

まぁ、そこからが、また大変やったんですけどね……。

主人公達の過去の話とか書き出したら。

そっちに完全に心がもっていかれて、八〇ページくらい経っても一切コンビニが出てこない、「いつになったらコンビニ出てくるんですか、このコンビニ小説!?」担当さんが嘆《なげ》く小説になって、ボツになったり……。

メインメンバーが主人公と、中国から来たオジサン〝陳《ちん》さん〟だけで、

「大楽さん。自分が中学生だったとして、ひたすら陳さんと喋《しゃべ》ってるだけの小説読んで、嬉しいですか⁉」

「………（笑）」

担当さんに諭《さと》されて、またイチから練り直したり。

あとは、地に足ついた描写《びょうしゃ》を心がけよう、と決めた結果、主人公がひたすらレジのビニール袋《ぶくろ》を開ける練習をしてるだけの小説になって、

「大楽さん。主人公がひたすらビニール袋開ける練習してるだけの小説あったら、本屋で買いますか⁉　一回落ち着いてください！」

またそれを諭されたり……！

まぁ、でも、やってると段々カンジも摑《つか》めてくるもので。

いつのまにか二〇〇枚くらい原稿《げんこう》が溜《た》まってて。

そっから色々、腹くくって、ブーストかけた結果、なんとか完成した次第です。

まぁ、でも、苦労した分、面白くなったんじゃないでしょうか。

あと、今回は、著者プロフィールにも書きましたが。

コンビニといえば、一応某《ぼう》超《ちょう》大手コンビニでバイトしてた時期がありましたので、それが多少は役に立ちましたね。

あの頃《ころ》は、間違《まちが》いなく、人生で一番追い込まれてた……！

朝一一時～夕方五時半までプールの監視《かんし》のバイトして。

夜六時～九時まで、本屋でバイトしてて。

さらに、それに足す為《ため》、朝五時～九時まで働こうと、コンビニバイト始めましたから。

ただ、始めてみたら想像以上にハードで……。

まず、そこのコンビニ、朝五時～九時までのシフトやと、その間、店長とずっと二人きりなんですよ……。

その店長がかなりキツイ人で、僕、著者プロフィールに書いたようなことしまくった結果、初日から相当睨《にら》まれてましたんで……世界で最も息苦しい四時間の幕開けですよ。

しかもそこ、ちょうど工事現場に向かう人達が、朝に食料買うのに必ず立ち寄るコンビニみたいで。朝六時台、もう、狂《くる》ってるほど混むんですよ。気性の荒《あら》いお客さん達で……。

初日からそんな状況《じょうきょう》なんで、まともに業務教えてもらうタイミングもなく。

たとえば、ガンガン飛んでくる聞いたことのない煙草《たばこ》の注文。

客「キャメル一個ね」

大「か、かしこまりました。キャメル……キャメル……」

とりあえず、対応しなくちゃいけないので、レジの後ろにあるおなじみの煙草の棚《たな》を、慌《あわ》てて探す私。

しかし、どこ探しても、そんな煙草ありません。

客「オィイ、いつまでやってんだよ⁉　キャメルだよキャメル！」

大「キャメ……キャメ……無いぞ……何かの略称《りやくしよう》なんか……⁉」

（おれ、煙草吸ったことないしわかんねぇぇぇ！）

逃《に》げようかと思いましたが、
店長「何やってんだよ⁉　キャメルはレギュラーの煙草じゃないから、レジの下の引き出しの中にしまってるに決まってるだろ⁉」

（⁉　知るかよ⁉　略称間違《りやくしようまちが》いですらなかった！　レジの下⁉　そんなパターンもあんの⁉）

それ分かったらエスパーやろ、ほんま……！

後は、いきなり差し出されるゴルフバッグの配送の注文。

客「これ。千葉まで」

大「かしこまりました」

笑顔で頷《うなず》きつつ、内心絶望です。

（オイオイ、なんやこれ……こんなもんどうやって承るんや⁉　やり方が、まったく、わからねぇぇ！）

店長「何やってんだよ⁉　昼間の女子高生でもそれくらいパッパとこなしてたぞ！　見たらわかるだろまったくよぉぉ」

（わかってたまるか！）

てか、教えてもらった後すら、ぜんぜん理解できんかったわゴルフバッグ。

もうやめようよあんな責任重大なサービス……！


あと、まぁ、僕基本的に社会不適合者なんで。

全ての作業ドン臭《くさ》くて、作業やる度、会話の受け答えする度、パワプロとかで好感度下がった時の効果音鳴ってんのが聞こえるんですよ……店長の背後から。

店長「段ボールしばって外出しといてね」

大「はぁい」

よくわかりませんが、段ボールしばる僕。

五分後。

店長「おい！　なんだあの外の段ボール！　ロープくっちゃくちゃで段ボールバラバラじゃねぇか！」

大「えぇ⁉　ダ、ダメでした？　すいませんでしたー！」

べべっ！

店長の好感度が三〇下がった！

店長「店でお中元フェアやるぞ。大楽、親御《おやご》さんにどうだ？」

大「え？　全然興味ないんで結構です」

店長「何だその態度は⁉　普通《ふつう》こういう時は送るもんなんだよ⁉」

大「えぇっ⁉」

べべっ！

店長の好感度が五〇下がった！

（しかも結局本気で嫌《いや》やったんで、買いませんでした。それやったら別のもん買って親に送るわ！）

店長「おかしいな……！　レジのお金が合わない……！　三万円も……！　大楽！」

大「ちょ、違《ちが》いますよ……！」

なんで第一容疑者いっつもオレやねん！

その後、パートのおばさん達も来て、大捜索《だいそうさく》するも、見つからず。

そうこうしてるうちに僕は勤務時間終わったんで、家帰ったんですが……

ズボンの尻《しり》ポケット触《さわ》った瞬間《しゅんかん》、目ぇ見開きました。

大「三万円……入ってる……」

電撃《でんげき》のように記憶《きおく》が蘇《よみがえ》ります。

コンビニのレジってだいたいそうなんですけど、強盗《ごうとう》入った時の為に、レジにある程度お金溜まったら、それ抜《ぬ》いて、安全な場所にしまっておくんですよ。

その作業してる途中《とちゅう》、お客さんに声かけられて、慌てて一時的にズボンのポケットにしまって、そのままやった……！

まぁ、もう、ここまで来ると、好感度地の底に落ちてるのはわかってるので、腹くくんのは楽でしたけどね……！

一五分後。

店長「おつかれさまでーす！　みなさん、例の三万円、やっぱり僕が持ってました！」

逆に超《ちょう》明るくコンビニ戻《もど》って名乗り出ました。

店長とパートのおばさん達は、もはや、超ヒイてました……。

店長「え？　あ、う、うん……」

べべべべべっ！

店長の好感度が二〇〇〇下がった！

いやー、明るくふるまってたけど、超キツかったですよ……。

帰り道、橋の上で朝からアイス食って半泣きやったことを覚えてます。


まぁ、でもね。

逆にっていったらアレですけど。

この時、本当に、集中して小説書けましたよ。

これ、時代は二〇〇四年の冬とかやったんですけど。

ちょうど、富士見書房《しょぼう》とかに投稿《とうこう》用の小説書いてる時期で。

昼プール行って、夜本屋行って、朝コンビニでこんな心バラバラにされて……こんな状況で頑張《がんば》ってラノベ書いてるような人間が書くラノベが、たかが新人賞ごとき取れねぇワケがねぇ……！

わけのわからんエネルギーでひたすら書きまくって。

二〇〇五年の春、なんとか、富士見書房から『七人の武器屋』が賞とって、デビューが決まったことを知りました。

まぁ、そういう意味では、デビューできたのはコンビニのおかげかもしれないですけどね……！

結局、コンビニは、当時の金銭的な問題が解決できそうやったので、ちょうど受賞の電話が来る直前くらいに辞めました。

実家に帰ることになった、というウソついて。今のところ、バイトやめる理由でウソついたん、これ一回きりでしたよ。

大「店長。本当に本当にご迷惑《めいわく》をおかけしました（本心）」

店長「本当だよ。チッ。なんだよ……やっと最近マシになってきたってのによ……」

そこで、店長が今でいう〝デレ〟？　な一面を見せてくれたの、意外やったなぁ……。

しかし、そこまで関係ないと思ってたんですけど。

ここまであとがき書いてみて。

作中、冒頭《ぼうとう》一〇ページらへんの、異常に店内混雑してるシーンとか、思いっきり自分の体験とリンクしてるやん……あの土木作業の方々が押し寄せてきた店内と。

やっぱ影響《えいきょう》受けるんやな……執筆《しっぴつ》って。自分の内面に。

まぁ、そういう具合で、今後も、自分の内面もさらけ出しつつ書いていくであろう『ここは異世界コンビニ　デモン・イレブン』、ご期待ください。

まぁ、僕、バイト今まで一三個くらいしてきてるんで、ネタはいくらでもあるしね……！

さぁて、では、そろそろスペースもなくなるので謝辞等。

まずは担当さん。今回もありがとうございました。

僕以上に僕の傾向《けいこう》を読み、あの手この手で結果、小説を書きさらせた豪腕《ごうわん》はなんか他人《ひと》事《ごと》みたいですが、マジで凄《すご》いと思います。

いや、よく、ここまで持っていきましたね、本当に……！

まぁ、でも、なんだかんだ楽しい二年半でしたよね？

テツワン二巻からのお付き合いですので、これで一緒《いっしょ》に組んでもう一〇冊目ですが、今後もまじで何卒よろしくお願いします……！

そして今野《こんの》さん。いよいよ再タッグ結成ですね……！

今野さんには、今回、未完成原稿《げんこう》の段階から、無理いってキャララフとか起こしてもらったり、店内の見取り図書いてもらったり、本来イラストレーターの仕事の範疇《はんちゅう》ではない「原稿を完成させる為《ため》の手伝い」すらやってもらいました。

旧知の仲というのもありますが、そんな仕事できるの今野さんくらいのモンでしょう……！

「大楽さんの目指すところは分かってるつもりですよ。力になるので、どんどん使ってやって下さい」

前にいってもらった言葉、申し訳ないですが……鵜呑《うの》みにしようと思います。

今シリーズも、力、貸してください。

あとは……読者のみなさん。

世界で一番重要な味方……！

みなさんの協力なしには、このシリーズはどこにもいけません。

いけるところまで突《つ》っ走《ぱし》る予定ですので、よければ、一緒に走ってください。

二巻は……年明けくらいまでには出る予定です。

ではでは、これにて。
たまには美味《うま》いもんでも食べて、元気に明るく生きていきましょう。

大楽絢太

【初出】 シフトⅡ 立ち読み勇者の襲撃 ドラゴンマガジン２０１５年11月号

富士見ファンタジア文庫

ここは異世界《いせかい》コンビニ　デモン・イレブン
お客様《きやくさま》、回復《かいふく》魔法《まほう》をかけながらの立《た》ち読《よ》みはご遠慮《えんりよ》下《くだ》さい！

平成27年10月25日　初版発行

著者——大楽絢太《だいらくけんた》

発行者——三坂泰二
発　行——株式会社KADOKAWA
http://www.kadokawa.co.jp/
〒102-8177
東京都千代田区富士見2-13-3
電話　03-3238-8521（カスタマーサポート）
印刷所——暁印刷
製本所——BBC

※定価はカバーに表示してあります。
落丁・乱丁本は、送料小社負担にて、お取り替えいたします。KADOKAWA読者係までご連絡ください。（古書店で購入したものについては、お取り替えできません）
電話 049-259-1100（9：00〜17：00／土日、祝日、年末年始を除く）
〒354-0041 埼玉県入間郡三芳町藤久保550-1

ISBN978-4-04-070744-0 C0193

ズs!
みない?」
「じらせゲーマーたちによる
すれ違い錯綜青春ラブコメ!
ファンタジア文庫

第29回
ファンタジア大賞
原稿募集中!
賞金
大賞
300
万円
最強に面白い作品、
待ってるわよ!
選考委員
第17回 受賞
第17回 受賞
第20回 受賞
葵せきな×石踏一榮×橘公司
「生徒会の一存」「ゲーマーズ!」
「ハイスクールD×D」
「デート・ア・ライブ」
×ファンタジア文庫編集長
締め切り
第29回 後期
2016年2月末日
「空戦魔導士候補生の教官」
著：諸星悠　イラスト：甘味みきひろ（アクアプラス）
投稿＆速報最新情報
ファンタジア大賞WEBサイト http://www.fantasiataisho.com/
富士見ラノベ文芸大賞も同サイトで募集中